사람은 무엇으로 사는가

사람은 무엇으로 사는가

초판1쇄 1998년 8월 25일 | **초판5쇄 발행** 2013년 2월 18일
엮은이 정막래 | **펴낸곳** 계명대학교출판부 | **펴낸이** 신일희
출판등록 제347-1998-1호 (1970. 9. 1)

주소 대구광역시 달서구 달구벌대로 1095
전화 053) 580-6233 | FAX 053) 580-6235

ISBN 978-89-7585-147-6 03890

· 값 9,000원
· 잘못 만들어진 책은 교환해 드립니다.

계명교양총서

20

사람은 무엇으로 사는가

똘스또이 작
정막래 역주

계명대학교 출판부

역주자 서문

본서에는 러시아의 세계적 문호인 똘스또이(Лев Николаевич Толстой)의 후기 작품 「사람은 무엇으로 사는가(Чем люди живы)」, 「사랑이 있는 곳에 신도 있다(Где любовь, там и Бог)」, 「사람에게는 과연 땅이 많이 필요한가(Много ли человеку земли нужно)」, 「불을 놓아두면 끄지 못하게 되리라(Упустишь огонь не потушишь)」, 「머슴 예멜리얀과 빈 북(Работник Емельян и пустой барабан)」 등 동화 같은 단편 5편이 소개되고 있다.

똘스또이는 이 작품들을 수많은 '새로운 독자층'인 농민들을 위하여 썼다. 그는 1870년대 말에 겪었던 세계관의 '전환' 이후에 자신의 종교적·도덕적 견해를 보다 광범위한 민중 계층에 보급할 목적으로 민화를 개작하고 창작하였다. 그리하여 똘스또이는 민화를 가능한 한 많은 민중들이 접할 수 있도록 쉬운 내용과 단순한 언어 사용, 배경의 생략 등을 통한 자신의 독특한 예술 형식으로 전환시키는 데 시간과 노력을 아끼지 않았다.

『전쟁과 평화』, 『안나 까레니나』, 『부활』의 작가로 우리가 이미 잘 알고 있는 똘스또이가 자신이 썼던 이전의 작품들을 모두 부정하면서, 말년에 애착을 가지고 집필했던 이 단편들을 통해 우리는 똘스또이의 또 다른 모습을 볼 수 있을 것이다.

여기에 소개되는 단편들의 원본으로는 12권으로 된 『똘스또이 작품 전집』(모스크바: 쁘라브다 출판사, 1987) 제9권이 사용되었다.

이 책이 나올 수 있도록 주위에서 도와주신 분들께 감사의 말씀을 전한다.

1998년 여름에

정막래

목차

사람은 무엇으로 사는가

사랑이 있는 곳에 신도 있다

사람에게는 과연 땅이 많이 필요한가

불을 놓아두면 끄지 못하게 되리라

머슴 예멜리얀과 빈 북

사람은 무엇으로 사는가

우리가 형제를 사랑함으로 사망에서 옮겨 생명으로 들어간 줄을 알거니와 사랑치 아니하는 자는 사망에 거하느니라 (요한일서 3장 14절)

누가 이 세상 재물을 가지고 형제의 궁핍함을 보고도 도와줄 마음을 막으면 하나님의 사랑이 어찌 그 속에 거할까 보냐 (요한일서 3장 17절)

자녀들아 우리가 말과 혀로만 사랑하지 말고 오직 행함과 진실함으로 하자 (요한일서 3장 18절)

사랑하는 자들아 우리가 서로 사랑하자. 사랑은 하나님께 속한 것이니 사랑하는 자마다 하나님께로 나서 하나님을 알고 (요한일서 4장 7절)

사랑하지 아니하는 자는 하나님을 알지 못하나니 이는 하나님은 사랑이심이라 (요한일서 4장 8절)

어느 때나 하나님을 본 사람이 없으되 만일 우리가 서로 사랑하면 하나님이 우리 안에 거하시고 그의 사랑이 우리 안에 온전히 이루느니라 (요한일서 4장 12절)

하나님이 우리를 사랑하시는 사랑을 우리가 알고 믿었노니 하나님은 사랑이시라. 사랑 안에 거하는 자는 하나님 안에 거하고 하나님도 그 안에 거하시느니라 (요한일서 4장 16절)

누구든지 하나님을 사랑하노라 하고 그 형제를 미워하면 이는 거짓말하는 자니 보는 바 그 형제를 사랑치 아니하는 자가 보지 못하는바 하나님을 사랑할 수 없느니라 (요한일서 4장 20절)

1

구두 만드는 사람이 아내와 아이들과 더불어 어느 농부네 방 한 칸에 세 들어 살고 있었다. 그에게는 집도 땅도 없었기 때문에 구두[1] 만드는 일을 해서 가족을 먹여 살렸다. 양식은 비싼 반면 품삯은 쌌기 때문에 버는 것은 다 먹는 데에 써버렸다. 구두 만드는 사람은 모피 외투[2] 하나를 가지고 아내와 함께 입었는데, 그것도 다 낡아서 너덜너덜해졌다. 그래서 구두 만드는 사람은 새 모피 외투를 만들 양가죽을 사야겠다고 2년째 벼르고 있었다.

가을이 되자 구두 만드는 사람은 약간의 돈을 모았다. 3루블[3]짜리 지폐가 그의 아내의 궤짝[4] 속에 놓여 있었고, 또 마을 농부들에게 받을 외상값으로 5루블 20까삐이까[5]가 있었다.

그래서 구두 만드는 사람은 아침부터 양가죽을 사러 마을에 갈 채비를 했다. 아침을 먹고 나서 그는 아내의 무명으로 된 솜 넣은 윗도리를 루바쉬까[6] 위에다 껴입고 그 위에 모직으로 된 까프딴[7]을 걸친 다음, 3루블짜리 지폐를 호주머니에 넣고 나뭇가지를 꺾어 지팡이를 만들어 길을 떠났다.

'농부들한테 외상값 5루블을 받고 이 돈 3루블을 합하면 모피 외투를 만들 양가죽을 살 수 있을 거야.'하고 그는 생각했다.

구두 만드는 사람은 마을에 도착하여 어느 농부의 집에 들렀더니 그 주인은 없었다. 그리고 안주인이 일주일 안으로 주인 편에 돈을 보내겠다고 약속하였을 뿐, 돈은 주지 않았다. 구두 만드는 사람은 또 다른 농부에게 들렀다. 그 농부는 돈이 없다는 것을 하나님 이름으로 맹세하고 다만 20까뻬이까만을 구두 수선비로 줄 뿐이었다. 구두 만드는 사람은 양가죽을 외상으로 살 생각을 했다. 그러나 양가죽 장사는 외상을 주지 않았다.

"돈을 가져오시오. 그러면 어떤 것이나 마음대로 고를 수 있을 테니. 마음에 드는 걸로 줄 테니까. 외상 받기가 얼마나 힘든 일인지 우리는 알고 있지요."

이렇게 되어 구두 만드는 사람은 아무 소득도 얻지 못했다. 겨우 구두 수선비 20까뻬이까를 받고, 어느 농부에게서 낡은 방한 장화에 가죽을 대어 꿰매는 일을 맡았을 뿐이었다.

구두 만드는 사람은 속이 상해 20까뻬이까를 몽땅 털어 보뜨까[8]를 마셔 버리고 모피 외투 만들 양가죽도 마련하지 못한 채 집을 향해 걸었다. 아침에는 얼어버릴 것처럼 추웠는데, 이제 술기운이 도니 구두 만드는 사람은 모피 외투 같은 것은 입지 않아도 될 만큼 몸이 따뜻해지는 것을 느꼈다. 구두 만드는 사람은 길을 걸어가며 한 손에 든 막대 지팡이로 얼어붙은 땅바닥을 툭툭 치면서 다른 한 손으로는 방한 장화를 휘두르며 혼잣말을 했다.

"모피 외투 없이도 따뜻하기만 하군."

그는 계속 자신의 이야기를 하였다.

"보뜨까 한 병[9]을 다 마셔 버렸더니 온몸의 혈관이 다 일어나는구만. 모피 외투도 필요 없군. 슬픔 따윈 잊어버리고 나는 간다. 내가 어떤 사람인데 말이야! 도대체 내게 뭐가 필요하단 말인가? 모피 외투 없이도 살아갈 수 있어. 그런 건 일평생 내겐 필요 없어. 다만 한 가지, 마누라가 그것 때문에 울적해할 텐데. 그런데, 나는 사람들을 위해 일을 했는데, 그 사람들은 나를 가지고 놀고 있잖아. 당신들 잠깐 거기 좀 서봐. 돈을 가져오지 않으면 당신들 모자를 벗겨 버릴 테야, 하나님에게 맹세코 벗겨 버리고 말 테니까. 20까뻬이까씩 찔끔찔끔 주다니! 20까뻬이까로 대체 뭘 한단 말인가? 한잔 하는 것 밖에는 다른 방법이 없지. 다들 쪼들린다고 하지. 당신네가 쪼들리면, 그래, 나는 쪼들리지 않는 것 같아? 당신들은 집도 있고 가축도 있고 뭐든 다 있지만 나는 알몸뚱이야. 당신들은 빵을 구울 밀농사도 짓지만 나는 밀을 사 먹어. 양식을 사는 데 나가는 돈만 해도 일주일에 3루블은 들지. 집에 갔을 때 양식이 다 떨어졌다면 당장 1루블 반은 있어야 해. 그러니 당신들, 내 돈을 갚아야 해."

이렇게 중얼거리며 구두 만드는 사람은 길모퉁이의 기도실[10] 쪽으로 다가갔다. 그런데 기도실 바로 뒤에 무엇인가 희끄무레한 것이 눈에 띄었다. 이미 어둠이 내리깔리고 있었기 때문에 구두 만드는 사람이 유심히 바라보았지만 그게 도대체 무엇인지 분간해 낼 수 없었다.

'여기에 저런 돌은 없었지. 가축인가? 아무래도 가축 같지는 않은데. 머리 쪽은 사람 같은데, 사람이라고 하기에는 너무 하얗군. 그리고 사람이라면 이런 데에 있을 리가 없지 않은가?'하고 그는 생각했다.

그는 좀 더 가까이 다가갔다. 그랬더니 이제는 물체가 똑똑히 보였다. 어떻게 이런 일이. 그것은 분명 사람이었다. 살았는지, 죽었는지는 모르겠지만 벌거벗고 앉아 기도실에 기대어 꼼짝도 하지 않고 있었다. 구두 만드는 사람은 겁이 났다.

'어떤 놈들이 죽이고 옷을 빼앗은 다음에 여기에 내다 버린 모양이군. 가까이 다가가기만 해도 나중에 무슨 변을 당하게 될지도 모르겠군.'하고 그는 생각했다.

그래서 구두 만드는 사람은 그냥 지나쳐 갔다. 기도실 모퉁이를 돌아가니까 그 사나이는 보이지 않게 되었다. 기도실을 지나고 나서 뒤돌아보았더니 그 사나이가 기도실에서 떨어져서 움직이는 것이 눈에 띄었다. 마치 그 사나이가 자신을 바라보고 있는 것 같았다. 구두 만드는 사람은 더욱더 겁을 집어먹고 이렇게 생각했다.

'가까이 가 봐야 하나, 그냥 지나쳐 버려야 하나? 가까이 다가갔다가는 무슨 봉변을 당할지도 모르지. 저 사나이가 누군지 누가 알겠어? 좋은 일로 여기까지 와 있을 리는 없고. 가까이 다가가면 저 사나이가 무섭게 덤벼들어 목을 조를지도 모르지, 그러면 그 사나이로부터 도망칠 수도 없겠지. 설령 목을 조르지 않는다 해도 틀림없이 저 사나이에게 말려들 게 뻔하지. 저 사나이를, 저 벌거숭이를 어떻게 해야 하지? 내가 입고 있는 옷을 홀랑 벗어 줄 수도 없잖은가. 뭐, 하나님이 보살피시겠지!'

그리고 구두 만드는 사람은 걸음을 재촉했다. 기도실을 완전히 지나치게 되자 그는 양심의 가책을 느끼기 시작했다.

그리하여 구두 만드는 사람은 길 복판에 멈춰 섰다.

'세몬, 너 도대체 뭐하는 거야?'하고 그는 자신에게 말했다.

'사람이 곤경에 빠져 죽어가고 있는데 너는 겁을 집어먹고 지나쳐 버리다니. 네가 뭐 큰 부자라도 된단 말이냐? 네 물건을 빼앗길까 봐 겁이라도 나는 거야? 이봐, 세몬, 그럼 안 되지!'

세몬은 되돌아서서 사나이에게 다가갔다.

2

세몬은 그 사나이에게로 다가가서 자세히 살펴보았다. 한창나이의 젊은이였다. 몸에 상처는 보이지 않았다. 다만 몸은 꽁꽁 얼었고 두려워하고 있는 것 같았다. 꼼짝하지 않고 벽에 기대앉은 채 세몬 쪽은 쳐다보지도 않았다. 너무나 기진맥진한 상태여서 제대로 눈을 뜰 수도 없는 것 같았다. 세몬이 그의 곁으로 바짝 다가가자 사나이는 갑자기 제정신이 든 듯 고개를 돌리고 눈을 떠 세몬을 눈여겨 바라보았다. 이 시선을 본 순간 세몬은 사나이가 마음에 들었다. 그는 방한 장화를 땅바닥에 던지고 허리띠를 풀어 그것을 방한 장화 위에 놓은 다음 입고 있던 까프딴을 벗었다.

"이야기는 나중에 하고, 자, 이걸 입게나! 자, 어서!"

세몬은 사나이의 겨드랑이 밑으로 손을 넣어 그를 일으켰다. 사나이는 일어섰다. 그리고는 세몬을 보았다. 그 사나이는 호리호리하고 깨끗한 몸에 흠집하나 없는 팔다리에 귀여운 얼굴을 하고 있었다. 세몬이 그의 어깨에 까프딴을 걸쳐 주었으나 그는 소매 속에 팔을 끼지 못했다. 세몬은 두 팔을 끼워 주고 옷자락을 잡아당기어 앞을 여며 준 다음 허리띠를 매어 주었다.

세몬은 낡은 모자를 벗었다. 그는 벌거숭이 사나이에게 자신의 모자를 씌워 주려고 했으나 머리가 썰렁해졌다.

'나는 민머리지만 이 사람은 긴 고수머리가 덥수룩하게 자라 있어.' 하고 생각하고서 그는 다시 모자를 썼다.

'그보다도 이 젊은이에게는 신을 신겨 주는 게 더 나을 거야.'

구두 만드는 사람은 사나이를 앉히고 그에게 방한 장화를 신겼다.

그리고 나서 구두 만드는 사람은 이렇게 말을 하였다.

"이것 보게나, 이제 됐네. 자아, 좀 움직여 언 몸을 녹여야지. 이제 뒷일은 내가 거들지 않더라도 다른 사람이 다 처리해 줄 것이네. 그래, 걸을 수 있겠나?"

사나이는 일어서서 애처로운 표정으로 세몬의 얼굴을 바라보고 있었으나 말은 전혀 할 수 없었다.

"왜 말을 하지 않는 건가? 이런 곳에서 겨울을 날 수는 없지 않는가. 집으로 가야지. 자, 여기 내 막대 지팡이가 있으니까 기력이 없거든 이걸 짚어 보게나. 자, 기운을 좀 내 보게!"

그러자 사나이는 걷기 시작했다. 조금도 뒤떨어지지 않고 가볍게 걸었다.

길을 걸어가면서 세몬이 말했다.

"그런데, 대체 어디 사는 사람인가?"

"저는 이 고장 사람이 아닙니다."

"이 고장 사람이라면 내가 다 알지. 그래 왜 이런 곳, 기도실 근처까지 왔나?"

"그건 말씀드릴 수 없습니다."

"틀림없이 나쁜 놈들한테 당한 모양이군?"

"아무한테도 당하지 않았습니다. 하나님께서 제게 벌을 내리셨지요."

"그야 물론 모든 일이 하나님의 뜻이라는 건 다 아는 사실이지. 그런데 어디로 갈 건가?"

"어디 가나 제겐 매한가지입니다."

세몬은 깜짝 놀랐다. 나쁜 사람 같아 보이지도 않았고 말씨도 공손한데 젊은이는 도무지 자신에 대해서는 이야기를 하려고 하지 않았다. 그래서 세몬은 생각했다.

'세상에 생길 수 있는 일이 어디 한두 가지겠어.'

이런 생각을 하고 나서 세묜이 사나이에게 말했다.

"그렇다면, 우리 집으로 가세. 거기가 좀 나을 테니."

세묜이 걸음을 옮기자 낯선 사나이는 뒤처지지 않으면서 나란히 따라 걸었다. 찬바람이 불어와 세묜의 루바쉬까 밑으로 스며들어 그는 술이 깨면서 추워지기 시작했다. 세묜은 코를 훌쩍거리면서 걸으며 마누라의 윗도리 앞섶을 꼭 여미며 생각했다.

'아니 이건 어떻게 된 모피 외투람. 모피 외투를 마련하러 갔다가 모피 외투는커녕 까프딴도 없애고 벌거숭이 사나이까지 데리고 가게 되었으니. 마뜨료나한테 잔소리 좀 듣겠군!'

마뜨료나를 생각하자 세묜의 마음은 우울해졌다. 그러나 옆의 낯선 사나이를 쳐다보고, 기도실 뒤에서 자기를 쳐다보았던 사나이의 시선을 생각하자 세묜은 마음이 설레었다.

3

세묜의 아내는 일찌감치 집안일을 마쳤다. 장작을 패고 물을 긷고[11] 아이들에게 먹을 것을 주고 자신도 간단히 식사를 끝낸 다음 생각에 잠기기 시작했다.

'빵을 굽는 일을 오늘 할까, 내일로 미룰까.'

아직 빵은 큰 것이 한 조각 남아 있었다.

'세묜이 거기서 점심을 먹고 온다면 저녁은 그리 많이 먹지 않겠지. 그렇게 되면 내일 먹을 빵은 이것으로 충분하지.'

마뜨료나는 빵조각을 만지작거리며 생각했다.

'오늘은 빵을 굽지 말아야겠다. 밀가루도 빵 한 번 구울 정도 밖에는 남아 있지 않으니. 이걸로 금요일까지 먹어야 할 테니.'

마뜨료나는 빵을 치우고 식탁 옆에 앉아 남편의 루바쉬까를 기우기 시작했다. 바느질을 하면서 마뜨료나는 남편 생각을 하였다. 그리고 남편이 모피 외투를 만들 양가죽을 사올 것을 생각했다.

'모피 장수에게 속아 넘어가지는 않았겠지. 그래도 사람이 워낙 순해 빠져서. 그이는 조금도 남을 속이지 못하지만 어린아이라도 그이를 속여 먹는 것쯤은 문제없으니 말이야. 8루블이라면 큰돈이니까 좋은 모피 외투를 만들 수 있겠지. 최고급 가죽은 아니라도 어쨌든 모피 외투를 만들 수는 있을 거야. 작년 겨울엔 모피 외투가 없어 얼마나 고생을 했는지! 강가고 어디고 나갈 수가 없었으니까. 그이가 외출하면서 옷이란 옷은 몸에 다 걸치고 가버렸으니, 나는 걸칠 것이 아무것도 없네. 왜 이렇게 늦을까, 그이가 돌아올 때가 되었는데. 그이가 또 술 마시고 노는데 정신이 팔린 건 아닐까?'

마뜨료나가 그렇게 생각하고 있는데 바깥 현관 계단[12]이 삐거덕거리며 누가 들어오는 소리가 났다. 마뜨료나는 바늘을 실패에 꽂고 바깥 현관으로 나갔다. 두 사람이 들어오는 것이 보였다. 한 사람은 세묜이었고 또 한 사람은 모자도 쓰지 않은 채 방한 장화를 신고 있는 어떤 사나이였다.

마뜨료나는 단번에 남편에게서 술 냄새를 맡았다.

'그래, 역시 술 마시고 돌아다니다 왔군.'하고 그녀는 생각했다.

남편이 까프딴도 입지 않고 윗도리 하나만 걸친 채 맨손으로 와서 아무 말도 하지 못하고 서 있는 것을 보자, 마뜨료나는 가슴이 찢어지는 듯했다.

'돈을 다 털어 몽땅 마셔 버린 모양이군. 알지도 못하는 어느 건달

하고 퍼마시고 거기다 한 술 더 떠 집에까지 끌고 왔구나.'하고 그녀는 생각했다.

마뜨료나는 두 사람을 방에 들이고 자기도 뒤를 따라 들어왔다. 그녀는 낯선 사나이를 보았다. 그 사나이는 생판 모르는 젊은이로, 그는 여위었으며 그가 입고 있는 까프딴은 바로 그들 내외의 것이었다. 까프딴 밑에는 루바쉬까를 입은 것 같지도 않았고 모자도 쓰고 있지 않았다. 집안으로 들어온 젊은이는 그대로 그 자리에 선 채 움직이지도 않고 눈을 쳐들지도 않았다. 그래서 마뜨료나는 생각했다.

'겁을 내고 있는 걸 보니, 나쁜 짓을 한 사람인 것 같군.'

마뜨료나는 얼굴을 찡그리고 벽난로[13] 쪽으로 물러가 두 사람의 행동을 살폈다.

세묜은 모자를 벗고 태연하게 의자[14]에 앉았다.

"뭘 하고 있소, 마뜨료나, 저녁을 차리지 않고, 응!"

마뜨료나는 콧방귀를 뀌듯 뭐라고 중얼거렸다. 그녀는 벽난로 옆에 선 채 움직이려고도 하지 않았다. 그리고 두 사람을 번갈아 쳐다보며 고개를 가로젓고 있을 뿐이었다. 세묜은 마누라가 잔뜩 화난 것을 보고도 어쩔 수가 없었다. 그는 모른 체하고 낯선 사람의 손을 잡았다. 그리고 말했다.

"자, 앉게나, 젊은이, 저녁을 먹어야지."

낯선 사나이는 의자에 앉았다.

"아니, 어찌 된 일이요, 아무것도 마련하지 않았소?"하고 세묜이 묻자 마뜨료나는 몹시 화가 났다.

"마련했지요, 하긴 했지만 당신을 위해서는 아니에요. 보아하니 당신은 정신까지도 다 마셔 버린 모양이군요. 모피 외투를 마련하러 가서는 까프딴까지 없앤 데다가 벌거숭이나 다름없는 떠돌이까지 데리고 오다니. 당신네들 주정뱅이에게 줄 저녁은 없어요."

"마뜨료나, 멋대로 입을 놀리면 안 돼요! 먼저 어떤 사람인지 물어

보아야지…."

"그렇다면 돈은 어떻게 했어요?"

세묜은 까프딴 호주머니에 손을 넣어 돈을 꺼내 펴 보였다.

"돈은 여기에 있소. 뜨리포노프가 주질 않더군. 내일은 꼭 주겠다는 거요."

마뜨료나는 더욱더 화가 났다. 모피 외투도 사지 않고 단 하나밖에 없는 까프딴을 어떤 벌거숭이에게 입혀 가지고 집으로 끌고 오다니.

마뜨료나는 테이블 위의 돈을 집어 숨기러 가져가며 이렇게 말했다.

"저녁은 없어요. 벌거숭이 술주정뱅이들을 다 먹일 수는 없지."

"이봐, 마뜨료나, 말을 삼가요. 먼저 말을 들어 봐야지…."

"바보 같은 주정뱅이 소린 들으나 마나예요. 나는 당신 같은 주정뱅이 술꾼한테 시집오고 싶은 마음이 조금도 없었어요. 어머니가 나한테 주신 옷감도 당신이 술값으로 없애더니, 모피 외투 사러 가서는 그것마저 다 마시고 오다니."

세묜은 아내에게 자기가 마신 것은 고작 20까삐이까뿐이라는 것과, 어디서 이 사나이를 만나게 되었는지에 대해서 납득이 가도록 이야기하려 했으나, 마뜨료나는 아예 말도 못 꺼내게 했다. 어디서 쏟아져 나오는지 한꺼번에 두 마디씩 지껄여댔다. 십 년도 더 지난 옛날 일까지 들추어내어 이야기하였다.

마뜨료나는 쉴 새 없이 이야기를 하였으며, 세묜의 곁으로 달려와 그의 옷소매를 부여잡았다.

"자, 내 무명 윗도리 내놔요. 하나밖에 없는 내 옷을 뺏어 자기가 입어 버리다니. 이리 내요. 이 원수 같은 사람아,[15] 썩 내 놓지 못해요!"

세묜이 아내의 무명 윗도리를 벗기 시작했다. 그가 소매를 빼내는데, 그의 아내가 잡아 당겼으므로 바느질한 부분들이 부드득 뜯겨져

나갔다. 마뜨료나는 잡아 챈 윗도리를 얼른 걸치고서 문 쪽으로 달려갔다. 그녀는 나가 버리고 싶었지만 발을 멈췄다. 그녀의 심장이 심하게 요동치고 있었다. 그녀는 욕을 해대고 싶었던 동시에 그 사나이가 어떤 사람인지 알고 싶었던 것이다.

4

마뜨료나는 발길을 멈추고 말했다.

"온전한 사람이라면 벌거숭이로 있을 리가 없어요. 그런데 이 사람은 루바쉬까도 입고 있지 않아요. 당신이 선한 일을 했다면 어디서 이런 멋쟁이를 데려왔는지 당신 어디 한번 이야기해 봐요."

"그래요. 내가 당신한테 말하겠소. 집으로 돌아오는 길에 기도실 담 밑에 이 사람이 알몸으로 거의 얼어붙은 채 기대앉아 있었단 말이오. 글쎄, 여름도 다 갔는데 벌거숭이가 아니겠소! 마침 하나님께서 나를 그에게로 이끄신 게지. 그렇지 않았더라면 죽고 말았을 거요. 글쎄, 어떻게 되었을까? 살아가노라면 언제 무슨 일을 당할지 누가 알겠소! 그래서 까프딴을 입혀 데리고 왔지. 마뜨료나, 당신도 좀 그만해 두고 마음을 가라앉혀요. 마뜨료나, 그러면 안 돼요. 우리도 죽을 테니까."

마뜨료나는 다시 욕설을 퍼부으려고 하다가 문득 낯선 사나이를 쳐다보자 말이 막혔다. 사나이는 죽은 듯이 앉아 있었다. 의자 가장자리에 앉은 채 꼼짝도 하지 않았다. 두 손을 무릎 위에 올려놓고 머리를 가슴에 떨어뜨리고서 눈을 뜨지도 않고 무엇인가가 그를 질식시키기라도 하는 듯 사뭇 얼굴을 일그러뜨리고 있었다. 마뜨료나가 입을 다물고 있어서 세묜이 이렇게 말했다.

"마뜨료나, 당신에겐 하나님도 없소?!"

이 말을 듣고 마뜨료나는 다시 한 번 낯선 사나이를 쳐다보았다. 갑자기 그녀의 마음이 가라앉았다. 그녀는 문 앞에서 발길을 되돌려 벽난로 한쪽 구석으로 가 저녁 준비를 하기 시작했다.

컵을 탁자 위에 놓고 끄바스[16]를 따르고 마지막 남은 빵을 잘라 내놓았다. 그리고 나이프와 숟가락을 놓았다.

"식사하세요."하고 그녀가 말하였다.

"이리 오게. 젊은이."

그가 말하였다.

세묜은 빵을 자른 다음, 둘이서 저녁을 먹기 시작했다. 마뜨료나는 테이블 한쪽 끝에 앉아 한손으로 턱을 괸 채 낯선 젊은이를 바라보았다.

그러자 마뜨료나도 이 젊은이가 가엾은 생각이 들었고 그가 좋아졌다. 그때 낯선 사나이는 기쁜 듯이 찌푸렸던 얼굴을 펴고 마뜨료나 쪽으로 눈을 들어 싱긋 웃었다.

식사가 끝났으므로 마뜨료나는 테이블을 치우고 낯선 사나이에게 물었다.

"도대체 당신은 어디 사는 사람이죠?"

"나는 이 고장 사람이 아닙니다."

"그런데 왜 그 길에 있었죠?"

"그건 말할 수 없습니다."

"누가 당신을 벌거숭이로 만들었나요?"

"하나님께서 저에게 벌을 내리셨습니다."

"그래서 벌거숭이로 누워 자고 있었단 말이에요?"

"네, 그래서 알몸뚱이로 자다가 얼어 죽을 뻔했던 겁니다. 그것을 세묜이 보고 가엾게 생각하여 입고 있던 까프딴을 벗어 제게 입히고 집으로 같이 가자고 했던 거죠. 그런데 여기서는 당신이 제게 먹을 것과 마실 것을 주었고 저를 불쌍히 여겨 주었습니다. 당신들에게는 하나님께서 은총을 내리실 겁니다!"

마뜨료나는 일어서서 금방 기워 놓았던 세묜의 낡은 루바쉬까를 창가에서 가져다가 낯선 사나이에게 건네주고 속바지도 찾아내어 젊은이에게 주었다.

"아, 저런 루바쉬까도 없잖아. 자, 이걸 입고 어디든 마음에 드는 자리에 누워 자요. 침대 위나 벽난로 옆에서나."

낯선 사나이는 까프딴을 벗고 루바쉬까를 입은 다음 침대 위에 몸을 뉘었다. 마뜨료나는 불을 끄고 까프딴을 들고 남편 있는 데로 갔다.

마뜨료나는 까프딴 자락을 덮고 누웠으나 통 잠이 오지 않았다. 언제까지나 낯선 사나이가 그녀의 생각 속에서 떠나지 않는 것이었다.

그 사나이가 조금 남았던 빵을 다 먹어 버려 내일 먹을 빵이 없다는 것과 루바쉬까랑 속바지를 주어 버린 일을 생각하니 울적해졌지만 젊은이가 싱긋 웃던 것을 생각하니 가슴이 밝아지는 것 같았다.

오래도록 마뜨료나는 잠을 이루지 못했다. 그리고 세묜도 역시 잠들지 못하고 연신 외투 자락을 잡아당기곤 하였다.

"세묜."

"응!"

"남은 빵을 다 먹어 버렸는데 반죽을 해두지도 않았으니 내일은 어떻게 해야 할지 모르겠어요. 이웃 마라냐네에 가서 좀 꾸어 달랠까?"

"산 입에 거미줄이야 치려고."

마뜨료나는 한참동안 가만히 드러누워 잠자코 있었다.

"그런데 저 사람은 좋은 사람 같은데 자신에 대해서는 아무것도 이야기를 하지 않아요."

"아마 말 못할 사정이 있겠지."

"세몬!"

"응?"

"우리는 남을 도와주는데 왜 남은 아무도 우리를 도와주지 않는지 몰라요."

세몬은 뭐라고 대답해야 좋을지 몰랐다.

"뭘 자꾸 그러는 거요."라는 말만 하고서는 그는 휙 돌아누워 그냥 잠들고 말았다.

5

이튿날 아침 세몬이 잠에서 깨었을 때 아이들은 자고 있었고 아내는 이웃집에 빵을 꾸러 가고 없었다. 어제의 그 낯선 사나이는 낡은 루바쉬까를 입고 속바지를 입은 채 의자에 앉아 위쪽을 바라보고 있었다. 그의 얼굴은 어제와는 달리 한층 밝아 보였다.

세몬이 말했다.

"이보게, 젊은이. 뱃속에선 빵을 요구하고 알몸뚱이는 옷을 원하니 생계를 꾸려 나가야 하지 않겠나. 할 줄 아는 일이 있나?"

"저는 아무것도 할 줄 모릅니다."

세몬은 깜짝 놀랐지만 이렇게 말했다.

"할 마음만 있으면 되는 거야. 사람은 뭐든지 배워 익히면 되지."

"모두 일하는데 저도 일을 해야지요."

"이름이 뭔가?"

"미하일입니다."

"이보게, 미하일, 자기 자신에 대해 이야기를 하고 싶지 않은 건 자네 마음이지만 밥벌이는 해야지. 시키는 일을 하면 내가 먹여 주도록 하지."

"고맙습니다. 열심히 배우고 익히겠습니다. 뭘 해야 할지 알려 주세요."

세몬은 실을 집어 손가락에 감고 꼬기 시작했다.

"그다지 어려운 건 아니지. 자 보게…."

미하일은 그것을 들여다보더니 손가락에 감았고 금방 배워 실을 꼬았다.

세몬이 이번에는 그에게 실을 뻣뻣하게 만드는 법을 가르쳤더니 이 일도 미하일은 단번에 해냈다. 세몬이 뻣뻣한 털을 꼬아 꿰매는 것을 보였는데 이 일도 미하일은 금방 배웠다.

미하일은 세몬이 어떤 일을 가르쳐도 금방 배워 사흘 후에는 벌써 일을 시작하게 되었는데 마치 이제까지 구두를 꿰매 온 것 같은 솜씨였다. 그는 허리를 펼 사이도 없이 부지런히 일만 하고 식사는 조금밖에 하지 않았다. 한가할 때는 잠자코 위만 쳐다보았다. 밖으로 나가지도 않고 쓸데없는 말도 하지 않고 농담도 하지 않고 웃지도 않았다.

그가 웃었던 것은 마뜨료나가 그에게 저녁을 차려 왔던 그 첫날 저녁에 딱 한 번 있었을 뿐이었다….

6

하루하루가 지나고 일주일이 지나고 일 년이라는 세월이 흘렀다. 미하일은 여전히 세묜의 집에 살면서 일했는데 세묜의 보조공으로 소문이 자자하게 퍼졌다. 세묜의 보조공 미하일만큼 모양 좋고 튼튼한 구두를 만드는 사람은 없다고 여겨 주위에서도 구두를 고치러 세묜의 가게로 오기 시작하여 세묜의 수입은 점점 늘어갔다.

어느 겨울날 하루는 세묜이 미하일과 마주 앉아 일을 하고 있는데 방울을 잔뜩 단 삼두마차[17]가 농가로 오고 있었다. 창문으로 내다보니 그 마차는 바로 농가 앞에 섰다. 그리고 젊은 사람이 마부석에서 뛰어내려 마차문을 열어 주자 마차 안에서 모피 외투를 입은 신사가 나왔다. 그리고는 세묜의 집으로 나 있는 바깥 현관 계단을 올라왔다. 마뜨료나는 뛰어나가 문을 활짝 열었다. 신사는 몸을 굽히고 안으로 들어와 허리를 쭉 폈는데, 머리는 거의 천정에 닿을 정도였고, 온 방 안은 신사의 몸뚱이로 꽉 들어찬 것 같았다.

세묜은 일어서 인사하며 신사를 보고 놀랐다.

세묜은 이런 사람을 이제까지 본 일이 없었다. 세묜도 군살이 없는 편이고 미하일도 깡마른 편이며 마뜨료나조차도 마치 마른 나무조각처럼 바싹 여위었는데, 이 신사는 다른 나라에서 온 사람처럼 얼굴은 붉고 탄력이 있고 목은 황소 같고 몸뚱이는 마치 무쇠로 된 것 같았다.

신사는 후욱 숨을 크게 내쉬더니 모피 외투를 벗으며 의자에 앉아 말했다.

"이 구두 가게의 주인은 누군가?"

세묜이 나서며 말했다.

"접니다요, 나리."

그러자 신사는 자기가 데리고 온 젊은이에게 소리쳤다.

"페찌까, 물건을 이리 가져와!"

젊은이가 달려오더니 무슨 꾸러미를 가지고 왔다. 신사는 꾸러미를 받아 식탁 위에 놓았다.

"끌러라."하고 신사가 말하자 젊은이가 꾸러미를 끌렀다.

신사는 그 가죽을 손가락으로 가볍게 찌르며 세묜에게 말했다.

"이봐, 잘 들어, 구두 만드는 사람. 이 가죽이 보이나?"

"보고 있습니다요. 나리."하고 세묜이 말하였다.

"이봐, 이 가죽이 무슨 가죽인지 안단 말인가?"

세묜은 가죽을 만져 보고 나서 대답했다.

"가죽이 썩 좋습니다요."

"그야 물론 틀림없이 좋은 가죽이지, 바보 같으니라고. 자네는 이제까지 이런 가죽을 보지도 못했을 거야. 독일산이지. 이건, 20루블이나 주었다고."

세묜은 겁을 먹고 말했다.

"어디서 우리가 보기나 했겠습니까요?"

"그야 당연하지. 어디 이 가죽으로 내 발에 꼭 맞는 가죽 부츠를 만들 수 있겠나?"

"만들 수 있습니다요, 나리."

신사는 느닷없이 소리 질렀다.

"당연히 가능해야지. 너는 누구의 가죽 부츠를 만드는지, 무슨 가죽으로 만드는지를 명심해야 해. 일 년 동안 신을 수 있고 모양이 변하지 않고 뜯어지지도 않는 그런 가죽 부츠를 만들어라. 그렇게 만들 수 있으면 일에 착수하여 가죽을 재단하고, 안 될 것 같으면 일을 시작하지도 말고 재단도 하지 마라. 미리 말해 두겠는데 만약 가죽 부츠가 일 년도 채 되지 않아 찢어지거나 모양이 변하거나 하면 네놈을 감옥에 처넣어 버릴 테다. 만일 일 년이 될 때까지 모양이 변하지도 않고 찢어지지도 않으면 삯으로 10루블을 주겠다."

세묜은 겁이 더럭 나서 뭐라 말해야 할지 몰라 미하일 쪽을 돌아다보았다. 그리고는 팔꿈치로 미하일을 쿡 찌르면서 속삭였다.

"일을 맡을까?"

미하일은 '그 일을 맡으십시오.'하는 듯이 고개를 약간 끄덕였다.

세묜은 마하일의 말대로 일 년 동안 일그러지지도 찢어지지도 않을 가죽 부츠를 만들기로 하였다.

신사는 젊은이에게 소리쳐 왼발에서 부츠를 벗기게 하고 다리를 쭉 폈다.

"치수를 재라!"

세묜은 10베르쇼끄[18]나 되는 종이를 꿰매 붙여 자리에 펴고, 두 무릎을 꿇고서 신사의 양말을 더럽힐까 봐 앞치마에 손을 잘 닦은 다음에 치수를 재기 시작했다. 발바닥을 재고 발등 높이를 재고 종아리를 재기 시작했는데 종이가 맞지 않았다. 종아리가 통나무만큼이나 굵었던 것이다.

"가죽 부츠 목 부분을 너무 좁게 하지 않도록 주의해라."

세묜은 다시 종이를 덧붙였다. 신사는 앉아 양말 속에서 발가락을 움직이면서 방안 사람들을 둘러보다가 미하일을 쳐다보았다.

"당신 가게에 있는 저 사람은 누구지?"하고 신사가 말하였다.

"이 가게 직공인데 그가 가죽 부츠를 만들 겁니다."

"똑똑히 알아 둬라. 일 년 간은 신을 수 있도록 꿰매야 한다는 걸 기억해라."

신사는 이렇게 미하일에게 말했다.

세묜도 미하일을 돌아다보았다. 그런데 미하일은 신사의 얼굴은 보지 않고 그 뒤의 구석을 응시하고 있었다. 분명히 누군가를 눈여겨보고 있었다. 미하일은 보고 또 보았다. 갑자기 싱긋 웃더니 얼굴이 활짝 밝아졌다.

"넌 뭔데 바보처럼 이를 드러내고 있는 거야? 정신 차려서 기한 내에 가죽 부츠가 준비되도록 해라."

그러자 미하일이 말했다.

"필요한 바로 그때까지 준비될 겁니다."

"좋아, 좋아."

신사는 부츠를 신고 모피 외투를 몸에 걸쳐 입고 문간 쪽으로 걸음을 옮겼다. 그런데 허리 굽히는 것을 잊었기 때문에 그만 머리를 문설주에 세게 부딪히고 말았다.

신사는 욕설을 퍼붓고 이마를 문지르며 마차를 타고 가 버렸다.

신사가 나가자 세몬이 말했다.

"정말 어마어마한 나리야. 저 나리를 큰 도끼로도 죽이지 못할걸. 머리에 부딪쳐 문설주가 부서졌는데도 아프지도 않은 모양이던데."

그러자 마뜨료나도 말했다.

"저렇게 부유한 생활을 하는데 체격인들 왜 좋지 않겠어요. 저런 튼튼한 사람에게는 저승사자도 감히 접근하지 못할걸요."

7

세몬은 미하일에게 말했다.

"일을 맡긴 했지만 우리에게 화가 닥치지 않아야 할 텐데. 가죽도 비싼 데다, 나리는 성깔이 대단하시고. 실수를 말아야 할 텐데. 자, 자네는 눈도 밝고 솜씨도 나보다 나으니 여기 이 치수 본을 주겠네. 자네가 가죽을 재단하게. 그러면 나는 겉가죽을 꿰맬 테니까."

미하일은 세묜이 말하는 대로 신사의 가죽을 탁자 위에 펼쳐 놓고 둘로 접은 다음 칼을 들어 재단하기 시작했다.

마뜨료나는 마하일의 옆으로 다가가 미하일이 재단하는 것을 보고 깜짝 놀랐다. 마뜨료나도 이제 구두 만드는 일에는 익숙한 터인데 가만히 보니 미하일은 가죽 부츠 모양과는 전혀 다르게 둥글게 가죽을 자르는 것이 아닌가?

마뜨료나는 말하고 싶었지만 이렇게 생각했다.

'아마도 내가 그 나리의 가죽 부츠를 어떻게 만들 것인지 잘못 이해했는지도 몰라. 미하일이 더 잘 알고 있을 테니 참견하지 말아야지.'

미하일은 한 켤레의 가죽 재단을 마치고 실을 바늘에 꿰기 시작했는데, 그것은 가죽 부츠를 꿰매는 두 겹 실이 아니라 가죽 덧신을 꿰매는 한 겹 실이 아닌가?

그것을 보고 마뜨료나는 더 크게 놀랐으나 역시 참견하지 않았다. 미하일은 열심히 꿰매고 있었다. 점심때가 되어 세묜이 일어나 보니, 미하일은 신사의 가죽으로 가죽 덧신을 꿰매고 있었다.

"앗!"

세묜은 크게 소리 질렀다. 그리고 속으로 생각했다.

'이게 대체 웬일일까? 미하일은 일 년이나 우리와 같이 지내면서 단 한 번도 실수를 한 일이 없는데 하필이면 지금 이런 불행을 만들어 내다니. 나리는 굽이 있는 가죽 부츠를 주문했는데 미하일은 가죽 덧신을 만들어 버렸으니 가죽을 망쳐 버렸어. 이제 어떻게 그 신사에게 가죽을 갚는단 말인가? 이런 가죽은 구하려 해도 구할 수도 없을 텐데.'

세묜은 미하일에게 말했다.

"아니 여보게, 이게 도대체 무슨 짓인가? 자넨 나를 곤경에 빠뜨린 거야! 나리는 가죽 부츠를 주문했는데 자넨 도대체 뭘 만들었나?"

세몬이 미하일에게 말을 하고 있을 때 바깥문의 고리쇠가 덜컹거리더니 누군가가 문을 두드렸다. 창문으로 내다보니 누군가 말을 타고 와서 말을 매어 두고 있는 참이었다. 빗장을 벗겨 문을 열었더니 신사와 같이 왔던 그 젊은이가 들어왔다.

"안녕하십니까?"

"어서 오시오. 어쩐 일로?"

"가죽 부츠 일로 마님께서 보내서 왔지요."

"가죽 부츠 일로?"

"구둔지, 가죽 부츤지, 하여간 가죽 부츠는 이제 필요 없게 되었어요. 나리는 돌아가셨으니까요."

"아니 뭐라고요!"

"여기서 저택으로 돌아가시는 도중 마차 안에서 돌아가셨어요. 마차가 저택에 닿아, 내리시는 걸 도와드리려고 보니까 나리는 가마니처럼 뒹굴고 있지 않겠습니까. 몸이 굳어졌고 이미 시신이 되어 누워 있었죠. 간신히 마차에서 끌어내릴 수 있었죠. 그래서 마님께서 이렇게 말씀하시면서 나를 보냈습니다. '너는 구두 만드는 사람에게 가서, 가게에 다녀가셨던 그 어른이 가죽 부츠를 주문하고 가죽을 남겨 두었는데, 가죽 부츠는 필요 없게 되었으니 급히 그 가죽으로 죽은 사람에게 신기는 가죽 덧신[19]을 만들고 그리고 남은 가죽은 돌려보내라고 말해라. 값비싼 가죽이니 반(半) 장화 하나는 충분히 만들 수 있을 것이다. 바느질 끝나기를 기다렸다가 가죽 덧신을 가져와라.' 그래서 이렇게 왔지요."

미하일은 탁자 위에서 마름질하고 남은 가죽을 접어 둥글게 뭉치고 다된 가죽 덧신을 꺼내어 탁탁 소리 내어 털고는 앞치마로 곱게 닦아

하인에게 내밀었다. 젊은이는 가죽 덧신을 받았다.

"안녕히 계십시오. 여러분! 편히 계십시오!"

8

다시 일 년이 지나고 이 년이 지나, 미하일이 세묜의 집에 온 지도 벌써 육 년이 되었다. 여전히 처음이나 마찬가지로 그는 아무 데도 가지 않고 쓸데없는 말은 한마디도 하지 않았다. 그동안 싱긋 웃은 것은 단 두 번 뿐, 한 번은 마뜨료나가 저녁 식사 준비를 했을 때였고, 또 한 번은 가죽 부츠를 주문하러 온 신사를 보았을 때였다. 세묜은 자신의 구두 만드는 사람이 대견해서 이루 다 말할 수가 없었다. 이제는 어디서 왔는지를 묻지도 않고 다만 미하일이 나가면 어쩌나 하고 그것만을 걱정하게 되었다.

어느 날 모두들 농가에 앉아 있을 때였다. 마뜨료나는 벽난로에 냄비를 올려놓았고, 아이들은 걸상 사이를 뛰어다니며 창밖을 내다보고 있었다. 세묜은 창가에서 구두를 꿰매고 있었고, 미하일은 다른 창가에서 구두 뒤축을 붙이고 있었다.

그때 사내아이 하나가 의자를 타고 미하일 곁으로 다가오더니 그의 어깨에 기대어 물끄러미 창밖을 내다보았다.

"미하일 아저씨, 저기 좀 봐요. 장사꾼 같은 아주머니가 여자애 둘을 데리고 어쩐지 우리 집으로 오는 것 같아요. 여자아이 하나는 절름발이예요."

사내아이의 말이 떨어지자마자 미하일은 하던 일을 멈추고 창밖으로 고개를 돌려 물끄러미 밖을 바라보았다.

세몬은 놀랐다. 이제까지 미하일이 밖을 내다본다든지 하는 일은 한 번도 없었는데 지금은 창에 얼굴을 붙이고 무엇인가에 눈길을 쏟고 있었기 때문이었다. 그래서 세몬도 창밖을 내다보니 정말 어떤 부인이 자기 집 마당으로 오고 있었다. 그 부인의 옷차림은 깨끗했는데 그녀는 모피 외투를 입고 긴 목도리를 목에 두른 두 여자아이의 손을 잡고 있었다. 여자아이들은 얼굴이 서로 닮아 누가 누군지 모를 지경이었다. 다만 한 아이는 왼쪽 다리가 못쓰게 되어 다리를 가볍게 절룩거리며 걷고 있었다.

부인은 바깥 현관 계단을 올라와 바깥 현관에 서서 문을 만져 보다가 손잡이를 당겨 문을 열었다. 그리고 먼저 두 여자아이를 안으로 들여보낸 다음 그 부인도 방 안으로 들어왔다.

"안녕하십니까?"

"어서 오십시오. 무슨 일로 오셨는지요?"

여인은 탁자 곁에 앉았다. 두 여자아이는 무릎에 안기듯이 기댔는데 낯선 모양이었다.

"저어, 이 아이들에게 봄에 신을 가죽 구두를 만들어 줄까 해서요."

"아, 그러시죠. 우리는 그런 작은 구두를 만들어 본 적은 없지만 할 수 있습니다. 가장자리에 장식이 달린 거로 할까요, 안에 천을 대어 접는 것으로 할까요? 우리 집엔 훌륭한 구두 만드는 사람이 있습니다."

세몬이 미하일을 돌아다보니 미하일은 일은 하지 않고 앉아 두 여자아이에게서 눈길을 떼지 않고 있었다.

세몬은 그런 그의 모습을 보고 깜짝 놀랐다. 하긴 두 아이가 모두 귀여운 얼굴이었다. 눈이 까맣고, 빰이 통통하고 발그레하며 입고 있는 모피 외투도, 목에 두른 목도리도 질이 좋은 것이지만 그렇더라도 미하일이 왜 그렇게 열심히 눈길을 쏟고 있는지 세몬은 납득이 가지 않았다. 분명히 그가 그들을 알고 있기라도 한 듯했다.

세몬은 의아스럽게 여기면서도 부인과 얘기하면서 값을 흥정하기 시작했다. 가격을 정하고 치수를 쟀다. 부인은 절름발이 여자아이를 안아 올려 무릎에 앉히고 말했다.

"어렵겠지만 이 아이 발로 두 아이의 치수를 재주세요. 불편한 발 쪽은 한 짝만 하고 바른 발에 맞춰서 세 짝을 만들어 주세요. 두 아이의 발 치수가 아주 꼭 같거든요, 아주 똑같은 쌍둥이지요."

세몬은 치수를 재고 절름발이 쪽을 가리키며 말했다.

"이 아이는 어쩌다가 이렇게 됐습니까? 아이가 참 귀여운데요. 태어날 때부터 그런 건가요?"

"아니에요, 제 어머니가 그렇게 했지요."

마뜨료나가 끼어들었다. 그녀는 이 부인이 누구이며 이 아이들은 누구의 아이인지 알고 싶어졌다.

"그럼, 부인께선 정말 이 아이들의 친어머니가 아니신가요?"

"나는 어머니도 아니고 친척도 아니지요. 저는 그냥 주부예요. 완전히 남이고, 이 애들은 양녀들이죠."

"자기 자식들도 아닌데, 그렇게 귀여워하다니요!"

"어떻게 귀엽지 않을 수 있겠어요. 나는 이 두 아일 다 내 젖으로 키웠어요. 내 아이도 있었지만 하나님께서 데려가셨어요. 이 아이들을 귀여워하는 것만큼 제 아들은 귀여워하지 못했지요.

"그런데 대관절 누구의 애들인가요?"

9

함께 이야기를 나누던 부인은 다음과 같은 이야기를 들려주기 시작했다.

“벌써 육 년 전의 일이에요. 이 두 아이는 일주일 사이로 부모를 다 잃게 되었지요. 화요일 날 이 아이들의 아버지를 장사지냈는데 그 어머니는 금요일 날 죽었어요. 아버지는 이 아이들이 태어나기 사흘 전에 죽었고, 어머니는 이 아이들을 낳고 하루도 못 살았으니까요. 나는 그 당시 제 남편과 농사를 지으며 살았는데, 이 아이들의 부모와는 이웃 간이었어요. 마당이 서로 맞붙어 있었지요. 이 애들의 아버지는 혼자 숲에서 일하고 있었는데, 어느 날 어쩌다가 큰 나무가 그만 이 애들 아버지 위에 쓰러지면서 심하게 다쳐 내장이 모두 짓눌려 버렸어요. 사람들이 그 사람을 집에까지 간신히 옮겨다 놓았지만 곧 하나님께 영혼을 드리게 되었지요. 그런데 그 아내 되는 사람은 바로 그 주에 쌍둥이를 낳았던 거예요. 이 아이들이 바로 그 애들이에요. 애들 어머니는 가난한데다가 일가친척도 없고 일을 보아줄 만한 노인이나 아주머니 하나 없이 그야말로 외톨이여서 홀로 해산을 하고 쓸쓸히 죽어간 거죠.

내가 그 이튿날 아침에 궁금해서 그 집에 들어가 보았더니, 그 여인은, 가엾은 사람이기도 하지, 벌써 숨이 끊어져 있었어요. 게다가 숨이 넘어가는 순간 바로 이 아이 다리 위에 쓰러졌기 때문에 이 아이는 다리를 다쳐서 못 쓰게 되었던 거예요. 마을 사람들이 모여 시체를 목욕시키고 수의를 입히고 관을 짜고 해서 장례를 치렀지요. 모두들 친절한 사람들이거든요. 그런데 갓난아이 둘만 남았지 뭐예요. 그 아이들을 어디로 보낸단 말입니까? 거기 모인 여자 중에 젖먹이를 가진 사람은 나뿐이었어요. 나는 8주 된 첫 아들에게 젖을 주고 있었죠. 그래서 내가 임시로 두 여자아이들을 맡기로 했지요. 마을의 남자들이 모여 이 아기들을 어디로 보내야 할지 생각하고 생각해서 나에게 이렇게 말했어요.

'마리야 아줌마가 이 아기들을 한동안 맡아 주지 않겠어요? 기한을 주면 우리가 이 아기들에 대해 더 깊이 생각해 볼게요.'

저는 다리가 온전한 아이에게만 젖을 빨렸지요. 이쪽 절름발이 애에게는 젖을 줄 생각도 안했죠. 도저히 살 거라고는 기대도 못했으니까요. 그리고서는 생각했지요. 무엇이 천사의 마음을 기쁘게 하는 걸까? 그랬더니 이 아이도 측은해지기 시작했어요. 그래서 내 아이와 두 여자아이, 말하자면 동시에 세 아이에게 젖을 먹였던 것이지요! 그나마 내 나이가 젊어 기운도 있고 먹기도 잘 먹었으니까 다행이었지요. 젖은 하나님께서 넉넉하게 주셔서 흘러넘쳐 옷을 더럽힐 만큼 가슴에 항상 차 있었지요. 두 아이에게 젖을 물리고 있으면 다음 애가 기다리고 있어서 하나가 젖꼭지를 놓는 대로 곧바로 기다리는 애에게 젖을 주곤 했었지요. 그런데 하나님의 뜻으로 이 두 아이는 잘 키워 갔으나 내가 낳은 애는 이 년째 되던 해에 땅에 묻게 되었고 하나님은 더 이상 아기를 주지 않으셨죠. 한편 살림살이는 차차 나아져 지금은 이 거리 상인들의 소유인 제분소에서 살게 되었지요. 급료도 넉넉해서 유복한 살림을 꾸려가기는 합니다만 아이는 생기지 않는군요. 정말 이 두 아이가 없었더라면 혼자 쓸쓸해서 어떻게 살았겠어요! 내가 이 아이들을 귀여워하는 것은 당연하지요. 이 두 아이들은 내게 있어 초의 밀랍과도 같아요."

여인이 한쪽 손으로 절름발이 여자아이를 끌어당기고 한쪽 손으로 뺨에 흐르는 눈물을 닦았다.

마뜨료나도 긴 한숨을 지으며 말하였다.

"부모 없이는 살아갈 수 있지만 하나님 없이는 살아가지 못한다고 흔히들 말하는데 정말로 그런 것만 같군요!"

그들은 이런 이야기들을 나누었다. 그 부인이 가려고 일어서자 모두들 그녀를 배웅하고 나서 미하일에게 눈을 돌렸다. 그런데 미하일은 두 손을 무릎 위에 얹고 위를 쳐다보면서 싱긋 웃고 있었다.

10

세묜이 그에게 다가가 말했다.

"무슨 일인가, 미하일!"

미하일은 걸상에서 일어나 일감을 테이블 위에 올려놓고 앞치마를 벗으며 주인 내외에게 허리를 굽혀 인사했다

"용서해 주세요, 주인아저씨, 아주머님. 하나님께서 용서해 주셨으니 당신들도 제발 용서해 주십시오."

주인 내외가 그를 바라보니 미하일에게서 후광[20]이 비치고 있었다. 세묜이 일어나 미하일에게 인사하고 이렇게 말했다.

"미하일, 자네는 보통 사람은 아닌 모양이니, 자네를 붙잡을 수도 없고 꼬치꼬치 캐물을 수도 없네. 꼭 한 가지만 내게 말해 주게. 자네를 발견하여 자네를 데리고 집으로 돌아왔을 때 자네는 몹시 침울한 얼굴을 하고 있었네. 그런데 내 아내가 자네에게 저녁을 주었을 때 자네는 싱긋 웃으며 그때부터 표정이 더욱 밝아졌는데 어찌 된 까닭인가? 그 후에 한 신사가 가죽 부츠를 주문했을 때 두 번째로 자네는

웃으면서 그때부터 표정이 훨씬 더 밝아지지 않았는가? 지금 또 부인이 아이 둘을 데리고 왔을 때 자네는 세 번째로 싱긋 웃었고 완전히 밝아졌네. 미하일, 어떻게 자네 몸에서 그런 빛이 비치는가, 그리고 왜 세 번 싱긋 웃었나?"

그러자 미하일이 말했다.

"제 몸에서 빛이 나는 것은 제가 하나님의 벌을 받고 있는 중이었는데 지금 하나님께서 나를 용서했기 때문입니다. 또 제가 세 번 싱긋 웃은 것은 하나님의 세 가지 말씀을 알아내야 했는데 제가 하나님의 말씀을 알아냈기 때문입니다. 한 가지 말씀은 아주머니가 저를 가엾다고 생각하셨을 때 깨달아서 웃었고, 또 한 가지 말씀은 부자 나리가 가죽 부츠를 주문했을 때 알게 되어 웃었습니다. 그런데 지금 두 여자아이를 보았을 때 마지막 세 번째 말씀을 알게 되어 세 번째로 웃은 것입니다."

그러자 세묜이 말했다.

"미하일, 어떻게 하여 하나님께서 자네에게 벌을 내리셨는가, 그리고 하나님의 말씀이란 대체 무엇인지 내가 알아들을 수 있도록 나에게 말해 주게나."

이 말에 미하일은 대답했다.

"제가 하나님의 말씀을 순종하지 않았기 때문에 하나님께서 나에게 벌을 주셨습니다. 저는 천사였는데 하나님의 말씀을 거역했습니다.

저는 하늘의 천사였었죠. 어느 날 하나님은 한 여자에게서 영혼을 빼앗아 오라고 저를 보냈습니다. 제가 사람 세계에 내려와 보니 그 여인은 몹시 쇠약한 몸으로 누워 있었습니다. 쌍둥이 딸을 낳았던 것입니다. 갓난아기는 어머니 곁에서 꼬무락거리고 있었으나 어머니는 애들에게 젖을 먹이기 위해 애들을 가슴에 안을 수조차 없었던 것입니다. 여인은 제 모습을 발견하자 하나님이 부르러 보내신 줄 짐작하고 매우 슬프게 흐느끼며 말했습니다.

'아아, 천사님! 집주인은 숲에서 나무에 깔려 죽어 바로 며칠 전에 장례식을 치른 참입니다. 내게는 형제, 자매도, 큰어머니, 작은어머니, 할머니도 없기 때문에 나의 고아들을 키워 줄 어떤 사람도 없습니다. 제발 제 영혼을 가져가지 마시고 이 아이들을 내 손으로 물도 주고 음식도 먹이고 혼자 설 때까지 키우도록 해주세요! 어린아이는 부모 없이는 살지 못합니다!'

저는 그녀가 하는 말을 듣고 한 아이를 안아 젖꼭지를 물려주고 다른 한 아이를 어머니의 팔에 안겨 준 다음 하늘에 있는 하나님께로 돌아갔습니다. 하나님 곁으로 날아가 말했습니다.

'저는 산모의 혼을 빼 올 수가 없었습니다. 남편은 나무에 깔려 죽고 부인은 방금 쌍둥이를 낳고서 제발 그녀에게서 혼을 거두어 가지 말아 달라고 애원하며 말했습니다. 제발 자기가 아이들에게 물도 주고 젖도 먹이고 혼자 설 때까지 키울 수 있게 해달라면서 어린아이는 부모 없이는 살지 못한다고 애원했습니다. 그래서 저는 산모의 혼을 빼내지 않았습니다.'

그러자 하나님께서는 이렇게 말씀해 주셨습니다.

'다시 내려가 산모의 혼을 거두어라. 그러면 세 가지 말을 알게 되리라. 즉 사람의 안에는 무엇이 있는가, 사람에게 허락되지 않은 것은 무엇인가, 사람은 무엇으로 사는가를 알게 될 것이다. 그것을 알게 되면 하늘나라로 돌아올 수 있으리라.'

그래서 저는 다시 지상으로 내려가 산모의 혼을 빼냈습니다.

두 아기는 어머니의 가슴에서 떨어져 있었으나 시신이 침상 위에서 쓰러지면서 한 아이를 덮쳐누르는 바람에 그 아이가 한쪽 다리를 못 쓰게 된 것입니다. 저는 그 마을에서 하늘로 날아올라가 여자의 혼을 하나님께 가져가려고 했는데 갑자기 바람이 나를 움켜쥐었고 제 두

날개는 잘려 떨어져 나갔습니다. 그래서 그 여자의 혼만 하나님께로 가고 저는 지상의 길바닥에 떨어졌습니다.”

11

그때 세몬과 마뜨료나는 자기들이 먹이고 입혔던 사람이 누구인지, 자기들과 같이 살면서 일해 온 사람이 누구인지를 알고 두려움과 기쁨의 눈물을 흘렸다.

그러자 천사는 말했다.

“저는 홀로 알몸인 채 들판에 남겨졌습니다. 사람에게 부족한 것이 있다는 것도 몰랐고 추위도 배고픔도 모르고 있었던 제가 갑자기 사람이 되어 버린 것입니다. 배도 고파졌고 몸도 얼어붙어 저는 어떻게 해야 좋을지 몰랐습니다. 문득 들판에서 하나님을 위해 만들어진 기도실이 있는 것을 보고 거기서 몸을 피하려고 하나님의 기도실 곁으로 다가갔으나 그 기도실은 자물쇠로 잠겨 있어 안으로 들어갈 수가 없었습니다. 저는 바람을 피하려고 기도실 뒤로 돌아가 앉았습니다. 이윽고 저녁이 되었고 배는 더 고파지고 몸은 얼대로 얼어, 저는 완전히 병들어 버렸습니다. 그때 문득 어떤 사람이 장화를 들고 걸어오면서 혼잣말을 하는 소리가 귀에 들려왔습니다. 저는 사람이 되어 최초로, 언젠가는 죽을 사람의 얼굴을 보았습니다. 저는 그 얼굴이 무서워 얼굴을 돌렸습니다. 그런데 자세히 들으니 그 사나이는, 어떻게 이 추운 겨울에 몸을 감쌀 옷을 마련해야 할 것인가, 어떻게 처자를 먹여 살려야 할 것인가를 중얼거리는 것이었습니다. 그래서 저는 생각했습니다.

'나는 추위와 배고픔에 거의 죽어가고 있다. 마침 저기 사람이 오고 있긴 하지만 그는 어떤 방도로 자기들 내외의 모피 외투를 마련하나, 어떻게 가족을 먹여 살릴 빵을 구해야 하나, 그것만을 생각하고 있다. 그러니까 이 사람에게는 나를 도와줄 만한 힘이 없다.'

그는 저를 발견하자 얼굴을 찡그리고 먼저보다 더 무서운 몰골이 되어 제 곁을 지나갔습니다. 그래서 저는 절망했는데 갑자기 사나이가 되돌아오는 소리가 들렸습니다. 그 얼굴을 쳐다보았을 때 저는 그 사람이 방금 전에 지나갔던 바로 그 사람이라는 것을 알아보지 못했습니다. 좀 전의 그 얼굴에는 죽음의 기운이 서려 있었습니다만 지금은 그 얼굴에서 생기가 돌았고 그 속에서 저는 하나님을 발견했습니다. 그 사람은 제 곁에 다가와 옷을 입혀 주고 저를 데리고 자기 집으로 돌아갔습니다. 집에 이르니 한 여자가 나와서 이 말 저 말을 늘어놓기 시작했는데 그 여자는 그 남자보다 더 무서웠습니다. 그 입에서는 죽음의 냄새가 뿜어 나와 저는 그 악취 때문에 숨을 쉴 수도 없었습니다. 그 여자는 저를 추운 밖으로 몰아내려고 했습니다. 만약 그대로 나를 내쫓았다면 그 여자는 죽을 거라는 것을 저는 알고 있었습니다. 그러나 그때 그녀의 남편이 갑자기 하나님에 대해 상기시키자 여자는 금방 태도가 변했습니다. 여자가 제게 저녁을 권하면서 제 얼굴을 흘끗 쳐다보았을 때 저는 그 여자를 보았는데 그 여자에게서 이미 죽음은 없어졌고 그 얼굴에는 생기가 넘쳐흘렀습니다. 저는 그 여자에게서 하나님을 발견한 것입니다.

그때 저는 '사람 안에는 무엇이 있는지 그것을 알게 되리라'고 하신 하나님의 첫 번째 말씀을 생각해 냈습니다. 나는 사람 안에 있는 것은 사랑이라는 것을 깨달았습니다. 하나님께서 약속하신 일을 내게 계시해 주시는 것에 저는 그만 너무 기뻐 처음으로 싱긋 웃고 말았습니다. 그러나 아직도 그 전부를 알 수는 없었습니다. 사람에게 무엇이 허락되지 않는가, 사람은 무엇으로 사는가라는 것을 이해하지 못했던 것입니다.

저는 당신들 집에 살게 되었고 일 년이 지났습니다. 그런데 한 사나이가 일 년 동안 신을 수 있고 찢어지지도 일그러지지도 않을 가죽 부츠를 만들어 달라고 찾아왔습니다. 제가 문득 그 사나이를 쳐다보니 뜻밖에도 그 사나이의 어깨 뒤에 나의 동료였던 죽음의 천사가 보였습니다. 저 이외에는 아무도 그 천사를 보지 못했지만 저는 그를 알고 있었죠. 그리고 그날이 채 저물기도 전에 그의 영혼은 그에게서 떠나 버린다는 것을 저는 알았습니다. 그래서 저는 생각했습니다.

'이 사람은 일 년 신을 것을 자신을 위해 장만하지만 자기가 오늘 저녁까지도 살지 못한다는 것을 모른다.'

그래서 '사람에게 무엇이 허락되지 않는가'라는 하나님의 두 번째 말씀을 생각해 냈습니다.

사람 안에 무엇이 있는가는 이미 알아냈습니다. 그런데 이번에는 사람에게 허락되지 않는 것이 무엇인지를 알아냈습니다. 자기 몸에 무엇이 필요한지를 아는 능력이 사람들에게 주어지지 않았습니다. 그래서 저는 두 번째로 싱긋 웃었습니다. 동료였던 천사를 만난 일도 기뻤으며 하나님께서 두 번째의 말씀을 계시해 주신 것도 기뻤습니다.

그렇지만 아직 전부는 깨닫지 못했습니다. 저는 아직 사람이 무엇으로 사는지를 몰랐던 것입니다. 그래서 저는 언제까지나 여기 살면서 하나님께서 최후의 말씀을 계시해 주실 때를 기다렸습니다. 육 년째 되는 오늘, 한 여인과 쌍둥이 여자아이들이 왔을 때 저는 그 아이들을 알아보았고 이 아이들이 어떻게 살아남았는지를 알게 되었습니다. 그것을 알고 나서 저는 생각했습니다.

'어머니가 자식을 봐서 살려달라고 부탁했을 때 나는 그 말을 정말이라 믿고 아이들은 아버지, 어머니 없이 살아가지 못한다고 생각했는데 낯선 여자가 그들을 먹이고 키워 내지 않았는가.'

또한 저는 그 부인이 타인의 아이로 인해 눈물을 흘렸을 때 거기서 살아 계신 하나님을 발견했고, '사람은 무엇으로 사는가'를 깨달았습니다. 하나님께서 최후의 말씀을 계시하여 저를 용서해 주셨다는 것을 알았으므로 세 번째로 싱긋 웃었던 겁니다."

12

그러자 천사의 몸이 나타났는데 전신이 빛으로 둘러싸여서 눈을 똑바로 뜨고 볼 수조차 없을 정도였다. 그때 천사는 커다란 목소리로 이야기하기 시작했다. 그것은 그가 스스로 말하는 것이 아니라 하늘에서 울려오는 목소리 같았다. 천사는 이렇게 말하였다.

"모든 사람은 자신을 살피는 마음에 의하여 살아가는 것이 아니라 사랑으로써 살아가는 것이라는 것을 깨달았습니다.

어머니에게는 자기 아이의 생명을 위해서 무엇이 필요한가를 아는 것이 허락되지 않았었습니다. 또 신사에게는 자기에게 무엇이 필요한지 아는 것이 허락되지 않았었습니다. 저녁때까지 그에게 산 자가 신는 가죽 부츠가 필요한지, 죽은 자에게 신기는 가죽 덧신이 필요한지를 아는 것은 어떤 사람에게도 허락되지 않았었습니다.

내가 사람이 되고 나서 무사히 살아갈 수 있었던 것은 내가 자신의 일을 여러 가지로 걱정했기 때문이 아니라 지나가던 사람과 그 아내에게 사랑이 있어 나를 불쌍하게 여기고 나를 사랑해 주었기 때문입니다. 고아들이 살아남은 것은 사람들이 그들을 생각해 주었기 때문이 아니라, 타인인 한 여인에게 사랑의 마음이 있어 그 애들을 가엾게 생각하고 사랑해 주었기 때문입니다. 모든 사람이 살아가고 있는 것도 모두가 각기 자신의 일을 걱정하고 있기 때문이 아니라 그들 속에 사랑이 있기 때문입니다.

나는 이전에 하나님께서 사람에게 생명을 내려 주시고 그들이 살아가기를 바라고 계신다는 것을 알았지만 이번에는 한 가지 일을 더 깨달았습니다.

나는 바로 이것을 깨달았습니다. 하나님께서는 사람들이 뿔뿔이 흩어져 사는 것을 원하지 않으십니다. 그렇기 때문에 사람들이 자기 자신을 위해서 각자에게 필요한 것이 무엇인가를 하나님께서는 그 누구에게도 보여주지 않으셨습니다. 반면에 하나님께서는 사람이 하나로 뭉쳐 사는 것을 원하십니다. 그렇게 때문에 사람들이 자기 자신과 모든 사람들을 위해서 그들 모두에게 필요한 것이 무엇인가를 하나님께서는 모든 사람들에게 보여주셨습니다.

이제야말로 나는 깨달았습니다. 사람들에게는 그들이 자기 자신에 대한 걱정으로 살아가는 것처럼 여겨지지만, 오로지 사랑으로만 그들이 살아간다는 것을 나는 깨달았습니다. 사랑 속에 사는 자는 하나님 안에 살고 있습니다. 하나님은 그 사람 안에 계십니다. 왜냐하면 하나님은 곧 사랑이기 때문입니다."

그리고 나서 천사는 하나님께 찬송을 드리기 시작했다. 그러자 그의 목소리로 인하여 집이 울리는 것 같았다. 그때 천장이 두 쪽으로 쫙 갈라지면서 땅에서 하늘까지 불기둥이 뻗쳤다. 세묜과 그의 아내와 아이들은 모두 땅바닥에 엎드렸다. 천사의 등에서 날개가 나오더니 천사는 하늘로 날아 올라갔다.

세묜이 이윽고 정신을 차렸을 때는 집은 그전대로 서 있었고 방에는 그들 가족 외엔 아무도 없었다.

1 구두(사빠기)_ 러시아 농촌에서는 흔히 가죽으로 된 긴 구두, 가죽 장화(長靴)를 신는다. 따라서 우리말의 가죽 부츠를 의미하는 사빠기는 널리 구두라는 의미로도 쓰인다.

2 모피 외투(슈바)_ 털이 달린 이 외투는 길고도 추운 겨울을 지내야 하는 러시아에서는 필수품이라 할 수 있다.

3 루블_ 러시아의 화폐 단위.

4 궤짝_ 러시아어로 '순둑'이라 불리는 이 궤짝은 러시아의 처녀가 시집갈 때 가져가는 물건이다. 이 속에는 지참품과 옷들, 그리고 어렸을 때부터 가지고 놀던 인형까지 담겨 있다. 부유한 정도에 따라서 이 궤짝의 크기는 달라졌다.

5 까뻬이까_ 러시아의 가장 작은 화폐 단위. 100까뻬이까 = 1루블

6 루바쉬까_ 러시아의 남자들이 입는 약간 긴 러시아식 상의 혹은 셔츠.

7 까쁘딴_ 옷 자락이 긴 농민 외투. 지금은 점차 사라져 가고 있다.

8 보뜨까_ 러시아의 대표적인 술로 알콜 농도가 보통 40도 정도 되며 우리나라의 소주와 비슷하다. 뒤끝이 깨끗해 아침에 일어났을 때 머리가 아프지 않아 좋다고 하는 이 보뜨까는 냉동실에 넣어 두었다가 차갑게 마시는 것이 제 맛이 난다. 이 때 얼어버리는 보뜨까는 진품이 아니다.

9 한 병_ 러시아어 원문에는 '작은 병 하나(쉬깔리끄)'로 되어 있다.

10 기도실(치소브냐)_ 규모가 아주 작은 건물로 이곳에서는 예배는 드리지 않고 기도만 드린다.

11 장작을 패고 물을 긷고_ 이 일은 러시아에서는 전통적으로 농가 여인들의 몫이었다.

12 바깥 현관 계단_ 러시아의 농가에는 문을 열고 나가면 두 기둥 위에 지붕이 놓여 있는 작은 바깥 현관이 있다. 그리고 그 현관으로 올라

오는 2, 3개의 계단이 놓여 있다. 이 바깥 현관에 서서 손님을 배웅하고 비가 오는지 살피기도 하였다.

13 벽난로_ 러시아어로 '뻬치까'라 불리는 벽난로는 추운 겨울을 따뜻하게 해주는 것일 뿐 아니라 음식을 만드는 곳이기도 하다. 농가에서 제일 따뜻한 장소인 이 벽난로 위에서 집안의 어른이나 아이들이 잠을 자며 지낸다.

14 의자(라프까)_ 등받이가 없이 벽에 고정시켜 놓은 긴 의자를 말한다. 러시아 농가의 필수품이기도 한 이 의자는 러시아 농가의 식탁 의자로 많이 사용되며 전에는 이 의자 위에 어린 아이를 재우기도 하였다.

15 이 원수같은 사람아_ 이 말은 악의를 가지고 하는 말이 아니라 예사롭게 남편을 부르는 습관적인 말로 볼 수 있다.

16 끄바스_ 러시아의 음료로 귀리와 엿기름으로 만든 맥주의 일종.

17 삼두마차(뜨로이까)_ 러시아의 삼두마차는 부자들이 주로 겨울에 타고 다니는 말 세 마리가 끄는 마차로 말들에게 방울을 달아 달릴 때 방울소리가 요란하게 울려 마차가 지나감을 알린다.

18 베르쇼끄_ 미터법 시행 전 러시아의 길이 단위. 1베르쇼끄 = 4.445cm.

19 가죽 덧신_ 러시아에서는 죽은 사람에게 주로 흰 천으로 된 슬리퍼를 신긴다. 본문에서는 죽은 사람에게 신길 가죽으로 만든 덧신을 주문하였다.

20 후광(後光)_ 예수님이나 부처님의 모습 뒤에서 뻗쳐져 나오는 빛, 아우라, 혹은 예술 작품을 통하여 전해지는 생명의 향기.

사랑이 있는 곳에 신도 있다

마르뜨인 아브제이치[21]라는 구두 만드는 사람이 도시에서 살고 있었다. 그는 창문이 하나밖에 없는 지하실의 작은 방에서 살았다. 그 방의 창문은 거리 쪽으로 나 있었고 창 너머로 사람들이 오가는 것이 보였다. 비록 발밖에 보이지 않았지만 마르뜨인은 구두로 사람들을 알아봤다. 그는 그곳에 오래 살아 아는 사람이 많았다. 그 근방에서 한두 번 가량 그의 손을 거치지 않은 구두는 드물었다. 구두창을 갈아댄 것도 있고 해어진 데를 기운 것도 있고 둘레를 싸서 꿰맨 것도 있으며 그중에는 가죽 전체를 새로 간 것도 있었다. 그래서 종종 창 너머로 자기가 한 일감을 보곤 했다. 일거리는 많이 있었다. 마르뜨인이 일솜씨도 좋고, 재료도 좋은 것을 쓰며 비싸게 받지도 않고 기한도 잘 지켰기 때문이었다. 기한 안에 될 일이면 그는 그 일을 맡았고 그렇지 못한 건 처음부터 거절했다. 모두들 마르뜨인이 어떤 사람인가를 알고 있었기에 그에게는 일이 끊일 사이가 없었다. 마르뜨인은 언제나 선한 사람이었으나 나이를 먹으면서부터는 더욱 자신의 영혼을 생각하게 되어 한결 하나님께로 가까이 가고 있었다. 마르뜨인이 남의 가게에서 일하고 있을 때에 그의 아내가 죽었다. 그리하여 그에게는 세 살짜리 어린 아들이 남았을 뿐이었다. 그에게 아이 복이 없었는지 큰 아이들은 모두 일찍 죽었다. 처음에 마르뜨인은 이 막내아들을 시골 누님에게 맡기려고 생각했으나 측은한 마음이 들었다.

'나의 까피또쉬까가 남의 집에서 자란다는 건 힘들 거야. 그냥 내 곁에 두자.'하고 그는 생각을 바꾸었다.

마르뜨인은 남의 가게에서 나와 아들과 둘이서 살게 되었다. 하나님은 마르뜨인에게 아이 복은 주지 않았다. 어린 아들 까피또쉬까가 이제 겨우 아버지를 돕게 되어서 마르뜨인이 기뻐하게 되었는데, 이 아들이 병에 걸려 앓아 눕더니 일주일가량 고열로 신음한 끝에 죽어 버렸다. 마르뜨인은 아들의 장례를 마치고 절망했다. 그리하여 하나님에게 불평까지 하게 되었다. 마르뜨인은 울적한 마음이 들어 자기를 죽게 해 달라고 하나님께 빈 적도 한두 번이 아니었고, 늙은 자기 자신을 데려가지 않고 사랑스런 외동아들을 데려가신 하나님을 원망했다. 마르뜨인은 교회에 다니는 것을 그만두었다.

하루는 팔 년째나 순례를 계속하고 있는 같은 고향의 노인이 삼위일체[22] 축일 즈음 마르뜨인에게 들렀다.

마르뜨인은 이 노인과 이야기를 주고받다가 자기 신상에 대한 푸념을 늘어놓기 시작했다.

“이보게, 난 더 이상 살고 싶지 않아. 그저 죽고 싶은 마음뿐이야. 그 한 가지만을 하나님께 빈다네. 난 이제 희망 없는 사람이 되어 버렸으니.”

그러자 노인이 그에게 말했다.

“마르뜨인, 자네는 잘못 생각하고 있군. 하나님께서 하시는 일을 우리가 판단할 수는 없어. 하나님의 일은 우리의 지혜로써가 아니라, 하나님의 뜻에 따라 결정되는 것이니까. 하나님은 자네 아들이 죽는 것을 결정하셨지만, 자네는 자네 아들이 살아야 한다고 판단했네. 하나님의 판단을 따르는 것이 더 좋을 걸세. 자네가 이 일로 낙담하는 것은 자네가 자신의 즐거움을 위해 살려고 하기 때문이야.”

“그럼 뭣 때문에 산다는 겐가?”하고 마르뜨인은 물었다.

그러자 노인은 말했다.

“하나님을 위해 살아야 해, 마르뜨인, 하나님은 자네에게 생명을 주셨으니까 하나님을 위해 살아야만 해. 하나님을 위해 살게 되었을 때, 아무 걱정이 없고 모든 일이 편안하게만 생각되네."

마르뜨인은 잠자코 있다가 입을 열었다.

"하나님을 위해 살다니, 도대체 어떻게 사는 건가?"

그러자 노인은 말했다.

"어떻게 하면 하나님을 위해 살 수 있느냐는 것은 그리스도께서 가르쳐 주시네. 자네 읽고 쓸 줄 알지? 성경을 사서 읽어 보게. 거기에서 하나님을 위해 산다는 것이 어떤 것인지 알게 될 거야. 거기엔 모든 것이 보이니까."

이 말은 마르뜨인에게 감명을 주었다. 그날로 그는 당장 커다란 활자로 찍힌 신약성서를 사다가 읽기 시작했다.

처음에 마르뜨인은 휴일에만 읽을 셈이었으나 한 번 읽기 시작하니 마음이 좋게 되어 날마다 읽게 되었다. 어떤 때는 너무나 골똘하게 읽은 나머지 램프 안에 석유가 전부 다 닳았는데도 책에서 눈을 뗄 수가 없었다. 이리하여 마르뜨인은 매일 저녁 그렇게 성경을 읽게 되었다. 읽으면 읽을수록 하나님께서 무엇을 원하시는지, 하나님을 위해 산다는 게 어떤 것인지를 분명히 알게 되어 마음은 더욱더 가벼워지는 것이었다. 전에는 잠자리에 누워도 꺼질 듯 한숨만 쉬며 줄곧 까피또쉬까에 대해서만 생각했으나, 지금은 이렇게 말할 뿐이었다.

'하나님, 감사드립니다! 감사드립니다! 모든 일을 다 하나님의 뜻에 맡기오니 주관하여 주옵소서!'

이때부터 마르뜨인의 모든 생활은 바뀌었다. 전에는 축일[23] 같은 때면 놀러나 다니고 음식점에 들어가 차를 마시며 보뜨까도 사양치 않았다. 아는 사람과 술을 마시고 나면 비록 취하지는 않았는데도 거나하게 취한 것처럼 음식점에서 나와서 쓸데없는 말을 하고 사람을 큰 소리로 부르거나 헐뜯었다.[24] 이 모든 습관들이 스스로 그로부터 사라져갔다. 조용하고 만족스러운 생활이 되었다. 그는 아침에 작업장에 앉아서 일정 시간 일한 다음, 램프를 걸쇠에서 벗겨 테이블 위에 놓은 다음, 선반에서 성경을 꺼내어 읽던 페이지를 펼쳐 놓고 앉아서 읽기 시작하였다. 읽으면 읽을수록 그 뜻을 알게 되어 그의 마음속은 더욱 맑아지고 즐거워져 갔다.

어느 날 그 일이 일어났다. 마르뜨인은 늦게까지 책을 읽는 데 열중하고 있었다. 그는 누가복음을 읽는 중이었다. 제6장의 말씀을 읽고 있었다.

> 네 이 뺨을 치는 자에게 저 뺨도 돌려대며 네 겉옷을 빼앗는 자에게 속옷도 금하지 말라 무릇 네게 구하는 자에게 주며 네 것을 가져가는 자에게 다시 달라지 말며 남에게 대접을 받고자 하는 대로 너희도 남을 대접하라

계속해서 다음 구절을 읽어 내려갔다.

> 너희는 나를 불러 주여 주여 하면서도 어찌하여 나의 말하는 것을 행치 아니하느냐 내게 나아와 내 말을 듣고 행하는 자마다 누구와 같은 것을 너희에게 보이리라 집을 짓되 깊이 파고 주초를 반석 위에 놓은 사람과 같으니 큰물이 나서 탁류가 그 집에 부딪히되 잘 지은 연고로 능히 요동케 못 하였거니와 듣고 행치 아니하는 자는 주초 없이 흙 위에 집 지은 사람과 같으니 탁류가 부딪히매 집이 곧 무너져 파괴됨이 심하니라

이 말씀을 읽은 마르뜨인은 마음속에서 즐거움을 느끼게 되었다. 안경을 벗어 책 위에 놓고 테이블 위에 팔꿈치를 괴고 생각에 잠겼

다. 그리고 그는 자기의 삶을 이 말씀에 견주면서 혼자 이렇게 생각하였다.

'내 집은 어떤가. 반석 위에 서 있는가, 모래 위에 서 있는가? 반석 위에 있는 듯하니 좋구나. 빈 마음으로 혼자 앉아 있으면 모든 일을 하나님의 명령대로 할 것 같은 마음이 드는데 죄를 짓게 되다니. 그래도 더욱 열심히 살아야지. 아아, 참으로 유쾌하다! 하나님, 나를 도와주옵소서!'

그는 그렇게 생각하고 자려고 했으나 도저히 성경책을 놓을 수가 없었다. 그래서 다시 성경을 펴서 제7장을 읽었다. 백부장에 관해 읽고, 과부의 아들에 관해 읽었으며, 요한이 자신의 제자에게 대답한 것에 대해 읽었고, 또 부자 바리새인이 그리스도를 자기 집에 초대한 데까지 읽게 되었다. 그리고 계속해서 죄 많은 여자가 그리스도의 발에 향유를 바르고 그 위에 눈물을 뿌리니 그리스도가 그 죄를 용서했다는 이야기도 읽었다. 이렇게 44절까지 읽고, 또 다시 이어서 읽어 내려갔다.

> 여자를 돌아보시며 시몬에게 이르시되 이 여자를 보느냐 내가 네 집에 들어오매 너는 내게 발 씻을 물도 주지 아니하였으되 이 여자는 눈물로 내 발을 적시고 그 머리털로 씻었으며 너는 내게 입 맞추지 아니하였으되 저는 내가 들어올 때로부터 내 발에 입 맞추기를 그치지 아니하였으며 너는 내 머리에 감람유도 붓지 아니하였으되 저는 향유를 내 발에 부었느니라

그는 이 말씀을 읽고 나서 생각했다.

'발 씻을 물도 주지 않고 입 맞추지도 않고 머리에 감람유도 붓지 아니하고….'

마르뜨인은 다시 안경을 벗어 책 위 놓고 또 생각에 잠기었다.

'아무래도 내가 그 바리새인과 같았던 모양이야. 역시 나도 나 자신만을 생각해 왔나 봐. 차를 마시고 싶다든지 따스하고 깨끗한 옷을 걸치고 싶다는 따위의 일만 생각하고 손님을 위한 생각은 하지 않았어. 나만을 생각했고, 손님에 대해서는 별 관심도 없었지. 그런데 손님은 누군가? 하나님, 그분이 아닌가. 만약 하나님이 나에게 오시면 나는 대체 어떻게 할 것인가?'

마르뜨인은 팔꿈치로 턱을 괴고 깜빡 졸았다.

"마르뜨인!"

갑자기 무언가가 그의 귀에 대고 속삭였다.

마르뜨인은 잠이 번쩍 깨었다.

"거기 뉘시오?"

마르뜨인은 고개를 돌려 문 쪽을 보았으나 아무도 없었다. 그는 다시 누웠다. 갑자기 이런 소리가 또렷이 들려왔다.

"마르뜨인, 마르뜨인! 내일 길을 보아라, 내가 갈 터이니."

마르뜨인은 정신을 차리고 의자에서 일어나 눈을 비비기 시작했다. 꿈결에서 그 말소리를 들었는지 현실에서 들었는지 그 자신도 몰랐다. 그는 등불을 끄고 잠자리에 들었다.

이튿날 아침, 마르뜨인은 날이 새기도 전에 일어나 하나님께 기도드리고 나서, 벽난로[25]를 피우고 스프[26]와 죽[27]을 그 위에 올려놓고 사모바르[28]에 불을 피우고 앞치마를 두르고 창가에 앉아 일을 시작했다. 마르뜨인은 일을 하면서도 어젯밤 일을 생각하고 있었다. 어쩌다 그런 마음이 들었을 뿐일 거라고 생각되기도 하고, 한편으로는 정말로 그런 목소리가 들렸다고 생각되기도 하였다.

'뭐 이런 일은 흔히 있는 일이니까.'하고 그는 생각했다.

마르뜨인은 창가에 앉아 일을 하기보다는 창문을 내다보는 일에 열중했다. 낯선 구두를 신고 지나가는 사람이 있으면 발뿐만 아니라 얼굴도 보려고 몸을 구부려 창밖을 내다보았다. 장화를 신은 문지기가 지나갔고 물을 운반하는 사람이 지나갔으며 그 뒤로 꿰맨 낡은 장화를 신은 니꼴라이[29] 시대의 늙은 병사[30]가 손에 삽을 들고 창 앞으로 다가왔다. 마르뜨인은 장화를 보고 곧 그 사람을 알아보았다. 이 늙은 병사는 스쩨빠느이치라고 불렸는데 옆집 상인의 집에 살고 있었다. 그는 문지기 일을 맡아 하고 있었다. 스쩨빠느이치는 마르뜨인의 창문 맞은편에서 눈을 쓸기 시작했다. 마르뜨인은 그를 보고 있다가 다시 일을 하기 시작했다.

"아무래도 나도 이제 늙어서 우둔해진 모양이야."하고 마르뜨인은 혼자 웃었다.

"스쩨빠느이치가 눈을 치우고 있는데 나는 그리스도가 내게 오신 거라고 생각하니 말이야. 난 아주 바보 같은 늙은이야."

그러나 열 바늘 정도 꿰맸을 때, 마르뜨인은 다시 창 쪽으로 신경이 모아졌다. 마르뜨인이 다시 창 쪽을 바라보니 스쩨빠느이치는 삽을 벽에 기대놓고 볕을 쬐는 것도 아니고 쉬는 것도 아닌 것 같은 모양을 하고 있었다.

이제 늙어서 눈을 치울 만한 기력도 없는 모양이다. 마르뜨인은 생각했다.

'저 사람에게 차라도 대접할까. 마침 사모바르가 끓으려고 하니.'

마르뜨인은 바늘을 찔러 넣고 일어서서 사모바르를 탁자 위에 올려놓고 차를 따른 다음 손가락으로 창문 유리를 두드렸다. 스쩨빠느이치가 돌아보더니 창가로 다가왔다. 마르뜨인은 그를 손짓으로 부르면서 문을 열러 갔다.

"들어와 몸 좀 녹이지그래. 몸이 얼었군. 차 좀 마시게."하고 마르뜨인이 말했다.

"주님의 가호가 있기를 바라네.[31] 그렇잖아도 뼈마디가 쑤시는구먼."하고 스쩨빠느이치가 대답했다. 스쩨빠느이치는 들어오자 눈을 털며 마룻바닥이 더러워지지 않도록 신발 자국을 닦아내고 있었는데 그 몸은 떨리고 있었다.

"닦지 않아도 되네. 내가 닦을 테니. 이런 일이 내 일인걸. 자, 어서 이쪽으로 와서 앉게나. 자, 차나 마시게."하고 마르뜨인이 말했다.

마르뜨인은 두 개의 컵에 차를 따라서 하나를 손님 쪽으로 조금 옮겨 놓고 나서 자기 찻잔을 후후 불기 시작했다.

스쩨빠느이치는 차를 다 마시자 컵을 거꾸로 엎어 놓은 다음 그 위에 먹던 설탕을 올려놓고는 잘 마셨다고 고마워했다. 그런데 어쩐지 차를 더 원하는 듯한 표정이었다.

"한 잔 더 하게나."

마르뜨인은 자기 컵에도 그의 컵에도 다시 차를 가득히 따랐다.

마르뜨인은 차를 마시면서도 간간이 거리를 바라보곤 했다. 그러자 스쩨빠느이치가 물었다.

"그런데 누굴 기다리나?"

"누굴 기다리냐고? 누굴 기다리는지 말하기가 쑥스럽구만. 기다리는 것도 아니고 기다리지 않는 것도 아니지만 하도 가슴 깊게 남아서 말이지. 꿈인지 생시인지 잘 모르겠어. 이보게, 자네는 성경을 보는지 모르겠는데, 어제 나는 성경을 읽었다네. 그리스도가 세상을 다니시며 얼마나 고생했는지에 관한 것을 말이야. 아마 자네도 들어봤을 거야, 그렇지?"

"듣기는 들었어. 우리 같은 무지한 사람은 읽고 쓸 줄 모르잖아."하고 스쩨빠느이치는 대답했다.

"그런데 말이야. 나는 성경에서 그리스도가 세상을 돌아다니신 일에 관해 읽었어. 그리스도가 바리새인에게 가셨는데 바리새인이 대접도 하지 않았다는 대목을 읽었거든. 어제 나는 그 구절을 읽고서 생각했지. 어떻게 그리스도를 존경하는 마음으로 대접하지 않을 수가 있단 말인가! 그렇지만 혹시 만에 하나라도 나에게든지 또 다른 누구에게라도 그리스도께서 오신 일이 있다면 어떤 대접을 했을지 알게 뭔가. 어쨌든 그 바리새인은 대접다운 대접을 하지 않았어! 이런 일을 생각하는 동안에, 나는 깜빡 졸았지. 그렇게 졸고 있는데 나를 부르는 소리가 들리지 않겠나. 일어나 귀를 기울이니 분명히 누군가가 조그만 목소리로 이렇게 말하지 않겠나.

'기다려라, 내일 갈 테니.'

그것도 두 번이나 되풀이해서 말이야. 그래 그 말이 생생하게 되살아나서 아무리 나 자신을 타일러도 여전히 그리스도의 방문이 기다려지네 그려."

스쩨빠느이치는 고개를 갸웃거리며 아무 말도 하지 않고 컵에 남은 차를 마저 마시고, 옆에 잔을 놓았다. 마르뜨인은 다시 그 컵을 들어 올려 차를 가득 따랐다.

"자, 많이 들게나! 그리스도도 이 세상을 두루 돌아다니셨을 때는 이런 사람 저런 사람 가리지 않았고 오히려 평민들과 더 많이 이야기를 나누시지 않았나 하는 생각을 나도 하고 있다네. 언제나 평민들을 상대하시고 우리와 같이 죄 많은 사람들을 오히려 더 많이 제자로 삼으셨지. 교만한 자는 아래로 떨어지며 겸손한 자는 위로 올라간다고 말씀하셨으니까. 너희들은 나를 주님이여 하고 부르지만 나는 너희들의 발을 씻어 주겠다, 우두머리가 되고 싶은 자는 모든 사람의 하인이 되라고 말씀하셨네. 왜냐하면 가난하고 겸손하며 친밀하고 선을 베푸는 사람이 행복하다고 말씀하시기 때문이지…."

스쩨빠느이치는 차 마시는 것도 잊었다. 그는 늙고 온후한 사람이었다. 앉아서 듣고 있는 그의 얼굴엔 눈물이 흐르고 있었다.

"더 들게나."

마르뜨인이 이렇게 말했으나 스쩨빠느이치는 가슴에 성호를 긋고[32] 고맙다는 인사말을 한 다음 컵을 밀어 놓으며 일어섰다.

"고맙네, 마르뜨인 아브제이치. 날 이렇게 대접해줘서 몸도 마음도 훈훈해졌네."

"다음에도 들러주게나. 난 손님이 찾아오는 게 좋으니까."하고 마르뜨인이 말했다.

스쩨빠느이치가 떠나고, 마르뜨인은 남은 차를 따라 마시고 찻잔을 치운 다음 창가 일터에 앉아서 구두의 뒤꿈치를 꿰매기 시작했다. 꿰매면서도 역시 창밖을 바라보며 연신 그리스도를 기다리며 그리스도가 행한 일과 그의 발자취만을 생각하는 것이었다. 그의 머릿속은 그리스도의 여러 말씀으로 꽉 들어차 있었다.

두 명의 병사가 지나가고 있었는데 한 사람은 군화를, 다른 한 사람은 보통 구두를 신고 있었다. 그 뒤로 이웃집에 살고 있는 주인이 반짝반짝 윤이 나는 방한용 덧신을 신고 지나가고, 또 바구니를 옆에 낀 빵가게 사람이 지나갔다. 모두들 이렇게 지나가 버렸는데, 이때 털실로 짠 긴 양말에 촌스러운 신발을 신은 여자가 창 앞으로 다가왔다. 그리고 창을 지나 벽 쪽에서 발을 멈췄다. 마르뜨인이 창 밑으로 내다보니, 그녀는 다른 마을 사람인 듯한 허술한 차림새로 아기까지 데리고 있었고, 그녀는 바람을 등지고 벽 쪽을 바라보며 아기를 감싸주려 했으나 아기를 감싸줄 덮개 하나 없었다. 여자는 허름한 여름옷을 입고 있었다. 마르뜨인이 창틀에 서서 바깥소리에 귀를 기울였다. 아기가 큰 소리로 울자 그녀는 아기를 달래려고 했으나 아이는 울음을 그치려 하지 않았다.

마르뜨인은 일어나 밖으로 나가 바깥 현관[33]에 서서 큰 소리로 불렀다.

"여보시오, 똑똑한 아주머니![34]"

이 소리를 듣고 여자가 뒤를 돌아보았다.

"이런 추위에 왜 그렇게 아기를 안고 서 있는 거요? 방으로 들어오시오. 따뜻한 방안이 어린애 달래기에는 좀 낫지 않겠소. 어서 이리로 오시오!"

여자는 놀랐다. 그녀는 앞치마를 두르고 안경을 쓴 늙은이가 자기를 부르고 있는 것을 보았다. 여자는 그를 따라 들어갔다.

계단을 내려가 방안으로 들어가자 마르뜨인 노인은 침대로 그녀를 안내했다.

"자, 아주머니, 이리 와서 여기 앉아요. 벽난로 가까운 쪽으로. 몸을 녹이면서 아기에게 젖을 주도록 해요."

"젖이 나오지를 않아요. 아침부터 아무것도 먹지 못해서요."

여자는 이렇게 말하면서 그래도 아기에게 젖을 물렸다.

마르뜨인은 고개를 가로저으며 탁자로 가서 빵과 찻잔을 꺼내 놓고, 벽난로 뚜껑을 열어 스프를 찻잔에 따르고 죽이 든 항아리를 꺼내 보았으나 아직 덜 끓어서 스프만 식탁 위에 놓았다. 그리고 빵을 놓은 다음 벽에 걸린 수건을 벗겨 식탁 위에 놓았다.

"아주머니, 여기 앉아서 어서 먹어요. 내가 아기와 앉아 있을 테니까. 나도 예전에는 아기가 있어서 아기 볼 줄 알지."

여자는 식탁에 앉더니 가슴에 성호를 긋고 먹기 시작했다. 마르뜨인은 아기가 있는 침대에 걸터앉았다. 마르뜨인은 입술로 아기에게 쪽쪽 소리를 내려고 했으나 이가 없었기 때문에 소리가 잘 나지 않았다. 여전히 아기는 울어댔다. 그래서 마르뜨인은 아기의 입가에 손을 갖다 대고 이리저리 움직이며 아이를 달랬다. 그의 손에는 아교 같은 것이 묻어 손이 시꺼멓게 되었기 때문에 그는 아기의 입속에 손가락을 넣지는 않았다. 아기는 손가락을 바라보는 동안 조용해지더니 이윽고 웃기까지 하였다. 마르뜨인도 즐거워했다. 여자는 식사를 하면서 자기가 누구인지 어디를 다녀왔는지 이야기하기 시작했다.

"저는 병사의 아내입니다. 제 남편은 먼 곳으로 전속되어 여덟 달째 소식도 없습니다. 저는 하녀 일을 하면서 이 아이를 낳았지요. 그런데 아기를 데리고서는 일을 할 수 없다는군요. 벌써 석 달째나 일을 하지 못하고 지내고 있답니다. 갖고 있는 것은 전부 다 써버렸어요. 유모 자리라도 들어갔으면 싶지만 몸이 안 좋다며 자리도 주지 않아요. 지금은 장사하는 어느 아주머니한테 갔다 오는 길이에요. 그 집에 제가 아는 아주머니 한 분이 일하는데 그 주인아주머니께서 저를 써주겠다고 하셨대요. 저는 모든 게 다 된 줄 알았지요. 그러나 그녀가 다음 주에 다시 오라는군요. 그 사람 집은 멀었어요. 저도 지쳐서 쓰러질 지경이지만 갓난아기도 여간 혼이 나지 않았어요. 고맙고 다행스럽게도 지금 살고 있는 집의 주인아주머니가 하나님을 믿고 우리 모자를 불쌍하게 여겨 주셨어요. 그렇지 않았다면 어떻게 살아갈 뻔했는지 알 수 없어요."

마르뜨인은 긴 한숨을 내쉬며 말했다.

"따뜻한 옷은 없소?"

"이제 따뜻한 옷을 입을 때가 닥쳤는데, 바로 어제 마지막 남은 목도리를 20까삐이까[35] 받고 저당 잡힌 형편이지요."

그녀는 침대로 다가가서 아기를 안았다. 마르뜨인은 일어나 벽쪽으로 가더니 이곳저곳을 휘저어 낡은 반외투를 찾아 가지고 왔다.

"좋지는 않지만 아기를 감싸는 데 도움이 될거요."

여자는 반외투와 노인을 번갈아 보다가 반외투를 받아 들고 그만 울음을 터뜨렸다. 마르뜨인은 얼굴을 돌렸다. 그리고 침대 밑으로 기어들어가더니 궤짝을 끌어내어 그 안을 뒤지다가 다시 여자의 맞은편에 앉았다.

그러자 그녀가 말했다.

“할아버지, 하나님께서 할아버지께 복을 내리실 거예요. 아마도 주님께서 저를 할아버지의 창 앞으로 보내신 모양입니다. 정말 하마터면 이 아이를 얼려 죽일 뻔했어요. 집을 나설 때는 따뜻했는데 지금은 몸을 온통 감싸야 할 만큼 춥군요. 이것은 필시 주님께서 할아버지를 창을 보게 하셔서 저의 가엾은 모습을 보고 저를 가련하게 생각하도록 만드신 게 틀림없어요.”

마르뜨인은 웃으며 말했다.

“과연 그리스도가 나를 인도하셨소. 사실 이유가 있어서 창밖을 보았지요.”

마르뜨인은 병사의 아내에게 꿈속에서 주님께서 오늘 자기에게로 오시겠다고 약속한 일에 대해 이야기해 주었다.

“그런 일이야 얼마든지 있을 수 있는 일이지요.”

이렇게 말하며 여자는 일어나 반외투를 입고 그 속에 아기를 감싸 안고 인사를 하며 마르뜨인에게 또다시 고맙다는 말을 했다.

“자, 그리스도의 이름으로 이것을 받으시오. 이것으로 목도리를 찾도록 해요.”

마르뜨인은 이렇게 말하고 여자에게 20까뻬이까를 주었다.

여자가 가고 나자 마르뜨인은 스프를 먹고 치운 다음 앉아서 다시 일을 시작했다. 그는 일을 하면서도 창밖을 내다보는 일은 잊지 않고 창문에 그늘이 지면 누가 지나가나 하고 보는 것이었다. 아는 사람도 지나가고 모르는 사람도 지나갔으나 특별히 이렇다 할 일은 없었다.

그런데 마르뜨인이 문득 창을 바라보니 그의 창문 바로 앞에 장사하는 할머니가 멈춰 서 있었다. 그 할머니는 사과가 담긴 바구니를 들고 있었다. 사과는 거의 다 판 모양으로 얼마 남아있지 않았고, 할머니는 나무 부스러기가 든 자루를 어깨에 메고 있었다. 아마 공사장 어딘가에서 주워 집으로 가지고 가는 모양이었다. 할머니는 어깨에 메고 있던 자루를 잡아당겨 다른 쪽 어깨에 바꿔 메려고 자루를 길 위에 내려놓고 사과 바구니를 말뚝에 걸어 놓은 채 자루 속의 나무 부스러기를 추스르려고 하고 있을 때였다. 그때 어디서 나타났는지 찢어진 모자를 쓴 사내아이가 불쑥 튀어나와 바구니 속의 사과 한 개를 훔쳐 가지고 그대로 달아나려고 하였다. 그러나 할머니는 이것을 눈치 채고 얼른 돌아서서 사내아이의 옷소매를 꽉 움켜잡았다. 사내아이는 손을 뿌리치며 피해서 도망가려 했으나 할머니는 두 손으로 사내아이를 꽉 잡고 그 아이의 모자를 벗기더니 머리칼을 움켜잡았다. 사내아이는 소리를 지르며 욕을 하였다. 마르뜨인은 바늘을 찔러 놓을 겨를도 없이 마룻바닥에 내동댕이치고 문밖으로 뛰쳐나갔다. 계단에 발이 걸려 안경이 떨어졌다. 마르뜨인이 거리로 뛰어나갔을 때 할머니는 사내아이를 흔들면서 쥐어박고 욕을 하면서 경찰서에 가자고 하는 참이었다. 사내아이는 발버둥을 치면서 자기가 하지 않았다고 거짓말을 하고 있었다.

"난 훔치지 않았어요. 왜 때려요. 이거 놔요!"

마르뜨인이 그들을 말리고 사내아이의 손을 잡고 말했다.

"할머니, 놓아 주세요. 그리스도의 이름으로 용서해 주세요!"

"놓아 주긴 하겠지만 앞으로 다시는 이런 짓을 못하게 경찰서에 끌고 가서 혼 좀 내야지!"

마르뜨인은 할머니를 달랬다.

"놓아 주시구려. 할머니, 다음부터는 그러지 않을 겁니다. 그리스도의 이름으로 놓아 주십시오!"

할머니가 사내아이를 놓아 주었다. 그 아이가 도망치려는 것을 마르뜨인이 붙잡으며 말했다.

"할머니께 잘못했다고 빌어라. 이제 다시 나쁜 짓을 해서는 안 된다! 네가 사과 꺼내는 것을 내가 보았으니까."

사내아이는 울면서 용서를 빌었다.

"음, 됐다. 자, 이제 이 사과는 네 거다."

마르뜨인은 바구니에서 사과 하나를 집어 사내아이에게 주었다.

"할머니, 값은 내가 치르지요."하고 마르뜨인은 할머니에게 말했다.

"공연한 일을 해서 아이들 버릇을 나쁘게 하지 말아요. 그 애는 한 일 주일쯤 의자에 앉지 못하도록 엉덩이를 때려 줘야만 해요."하고 할머니가 말했다.

"아니에요, 할머니. 그거야 물론 우리네들 생각이지만 주님의 뜻은 그게 아니거든요. 사과 하나 때문에 이 아이를 때려야 한다면 이 죄 많은 우리는 도대체 어떤 벌을 받아야 하나요?"

할머니는 아무 말도 하지 않았다.

마르뜨인은 할머니에게 주인이 소작농에게 큰 빚을 받지 않겠다고 하자, 그 소작농은 그 길로 가서 자기의 빚쟁이를 찾아가 괴롭히기 시작했다는 성경의 비유를 들려주었다. 할머니는 가만히 듣고 있었다. 사내아이도 거기 서서 듣고 있었다.

"주님께서는 죄를 용서하라고 말씀하셨지요. 그렇지 않으면 우리도 죄를 용서받을 수 없지 않겠습니까? 어떤 사람이라도 용서해 주어야 하거늘, 하물며 철없는 어린아이는 더욱 그렇지요."

마르뜨인은 열심히 말했다.

할머니는 고개를 끄덕이며 긴 한숨을 내쉬었다.

"그야 그렇지만 이런 애들은 너무 버릇이 없어서."

"그러니까 우리 같은 늙은이들이 가르쳐야지요."

마르뜨인은 말했다.

"그래요. 나도 일곱이나 아이가 있었지만 지금은 딸 하나밖에 남지 않았어요."하고 할머니는 대꾸했다.

그리고는 할머니는 어디에서 어떻게 그 딸과 같이 살고 있는지 손자가 몇 명이나 있는지에 대해 이야기했다.

"보다시피 내 힘도 다 빠졌지만 그래도 일을 하지요. 손자들이 가엾어서 말이에요. 그것들이 모두 어찌나 착한지 그렇게 나를 대해주는 사람은 그 어디에도 없지요. 악슈뜨까는 누가 와도 내 곁을 떠나려 하지 않지요. '할머니, 사랑하는 할머니!'하면서 말이에요."

할머니는 이제 화가 다 풀렸다.

"어린애가 한 일을 가지고 그랬구나. 하나님이 너와 함께 하시기를 바란다."하고 할머니는 사내아이를 보며 말했다.

할머니가 자루를 어깨로 들어 올리려고 하자, 사내아이가 뛰어와서 말했다.

"제가 들어다 드릴까요? 할머니. 저도 가는 길이니까요."

할머니는 고개를 끄덕이며 자루를 사내아이의 어깨에 올려 주었다.

이렇게 하여 두 사람은 나란히 걸어가게 되었다. 할머니는 마르뜨인에게 사과값 받는 것을 잊어버렸다. 마르뜨인은 우두커니 서서 그들이 무엇인가 이야기하면서 가는 모습을 바라보고 있었다.

두 사람이 가 버린 후 마르뜨인은 집안으로 되돌아왔다. 계단에 떨어져 있는 안경을 찾았는데 깨진 데가 없었다. 바늘을 들고 다시 일을 하기 위해 앉았다. 일을 조금 하였더니 어느덧 날이 저물어 바늘 구멍이 잘 보이지 않게 되었다. 벌써 가로등 켜는 사람이 돌아다니며 가로등을 켜고 있었다.

'불을 밝혀야겠군.'하고 마르뜨인은 생각했다.

램프에 불을 댕겨 고리에 걸고 다시 일을 하기 시작했다. 장화를 한쪽 끝내고 살펴보니 상당히 잘 꿰매져 있었다. 마르뜨인은 도구를 치우고 흩어져 있는 조각들을 쓸어낸 다음 실이랑 바늘을 잘 챙겨놓고 램프를 떼어 탁자 위에 놓고는 선반에서 복음서를 꺼냈다. 마르뜨인은 어제 가죽 조각을 끼워 놓았던 데를 펼치려고 했는데 다른 곳이 펼쳐졌다. 마르뜨인은 성경을 펼치자 어제저녁의 꿈이 생각났다. 꿈이 되살아나는 동시에 갑자기 그의 뒤에서 누군가가 발을 옮기며 살짝 움직이는 소리가 들렸다. 마르뜨인이 보니 어두컴컴한 구석에 분명 사람이 서 있었다. 확실히 사람은 사람인데 누군지 알 수는 없었다. 다만 그의 귀밑에 대고 소곤대었다.

"마르뜨인, 마르뜨인, 너는 나를 알아보지 못했지?"

"누구를요?"하고 마르뜨인은 말했다.

"날 말이다. 아까 그 사람이 나였느니라."

목소리가 말했다.

그러자 어두운 한구석에서 스쩨빠느이치가 앞으로 나오더니 빙그레 웃으면서 어두운 그림자처럼 흩어져 없어졌다….

"이도 나였느니라."하고 목소리가 말했다.

그러자 어두운 한구석에서 아기를 안은 여자가 나타났다. 여자가 미소 짓고 아기가 빙그레 웃더니 사라져 버렸다.

"이도 나였느니라."하고 목소리가 말했다.

그러자 할머니와 사과를 가진 사내아이가 나와서 둘이 같이 빙그레 웃으며 마찬가지로 사라져 버렸다.

마르뜨인은 마음이 몹시 즐거워졌다. 성호를 긋고 안경을 끼고 성경의 펼쳐진 쪽을 읽기 시작했다. 펼쳐진 성경의 윗부분을 읽었다.

> 내가 주릴 때에 너희가 먹을 것을 주었고 목마를 때에 마시게 하였고 나그네 되었을 때에 영접하였고….

그리고 아래쪽을 계속 읽었다.

너희가 여기 내 형제 중에 지극히 작은 자 하나에게 한 것이 곧 내게 한 것이니라 (마태복음 25장)

그리하여 마르뜨인은 그의 꿈이 헛되지 않았다는 것을 깨달았다. 그리고 그는 이날 그리스도가 분명히 그에게 왔다는 것과 그가 확실히 그리스도를 대접했다는 것을 깨달았다.

21 마르뜨인 아브제이치_ 러시아인의 이름은 세 부분(이름, 아버지 이름(부칭, 父稱), 성)으로 이루어져 있는데, 여기에서 '마르뜨인'은 이름이고 '아브제이치'는 부칭으로 마르뜨인의 아버지 이름은 '아브제'임을 알 수 있다. 존경의 마음으로 어른을 부를 때에는 이름과 부칭을 함께 부른다. 마르뜨인의 성(姓)은 여기에 나타나 있지 않다.

22 삼위일체(뜨로이차)_ 성부와 성자와 성령인 하나님을 기념하는 러시아 축일 중의 하나이다.

23 축일_ 정교 국가인 러시아에는 축일이 무척 많다. 이 날들에는 금식을 많이 하였다. 정교회 달력에 나타난 금식일은 200일이 넘는다.

24 러시아의 축일에는 축일에 따라 다소 차이는 있지만 주로 육식을 금지하거나 보뜨까 등의 독주를 마시지 않는 풍습이 있다.

25 벽난로_ 러시아어로 뻬치까라 불리는 벽난로는 추운 겨울을 따뜻하게 해주는 것일 뿐 아니라 음식을 만드는 곳이기도 하다. 농가에서 제일 따뜻한 장소인 이 벽난로 위에서 집안의 어른이나 아이들이 잠을 자며 지낸다.

26 스프(쉬)_ 주로 양배추로 만드는 러시아 음식으로 우리말로 스프라고 할 수 있다.

27 죽(까샤)_ 곡물로 만드는 러시아 음식으로 우리말로 죽이라고 할 수 있다.

28 사모바르_ 구리나 은으로 만든 러시아 특유의 주전자.

29 니꼴라이 시대_ 여기에서는 러시아 로마노프 왕조 시대의 황제인 니

꼴라이 1세의 통치 시대(1825-1855)를 말한다. 이 시대는 가혹한 전제정치가 행해진 시대로 유명하다. 러시아의 '12월당원운동'도 이때 일어났다.

30 니꼴라이 시대의 늙은 병사_ 니꼴라이 1세 시대에는 병역 의무가 25년 동안 행해진 시대로 젊은 날에 군대에 들어간 남자는 25년이나 지난 후 늙어서 제대하게 되었기에 그의 청춘은 없다고도 할 수 있다. '니꼴라이 시대의 늙은 병사'라는 말은 긴긴 군대 생활을 마치고 인생을 다 보내버린 나이 든 병사의 모습을 보여주는 말이다.

31 주님의 가호가 있기를 바라네_ 러시아 정교 신자에게 습관화된 인사말이다.

32 성호를 긋고_ 러시아 정교회 신자들에게는 성호를 긋는 습관이 있다. 대부분의 러시아인은 정교회 신자라고 볼 수 있다.

33 바깥 현관_ 러시아의 농가에는 문을 열고 나가면 두 기둥 위에 지붕이 놓여 있는 작은 바깥 현관이 있다. 그리고 그 현관으로 올라오는 2,3개의 계단이 놓여 있다. 농민들은 이 바깥 현관에 서서 손님을 배웅하고 비가 오는 지 살피기도 했다.

34 똑똑한 아주머니_ 원래 이 말은 '잘난 체 하는 사람'이라는 뜻의 비꼬는 말이다. 그러나 여기에서는 습관적인 호칭으로 보는 것이 더 타당하다.

35 까뻬이까_ 러시아 화폐 단위로 적은 돈을 나타낼 때 쓰인다. 100까뻬이까 = 1루블

사람에게는 과연 땅이 많이 필요한가

1

도시에 사는 언니가 시골에 사는 여동생을 찾아왔다. 언니는 상인에게 시집을 가 도시에서 살고 있었고 여동생은 농부에게 시집을 가 시골에서 살고 있었다. 두 자매는 차를 마시면서 이야기를 나누고 있었다. 그러다가 언니가 자기의 도시 생활을 자랑하면서 잘난 체하기 시작했다. 언니는 도시에서 자신이 얼마나 넓고 깨끗한 집에 살고 있는지, 아이들을 얼마나 잘 차려 입히는지, 얼마나 맛좋은 것을 먹고 마시는지, 얼마나 자주 마차를 타고 놀러다니며 극장 구경을 하는지를 열심히 늘어놓았다.

동생도 불쾌해져서 상인들의 생활을 헐뜯고 자기네 농부 생활을 치켜세우기 시작했다.

"나는 어떤 일이 있어도 내 생활을 언니의 생활과 바꾸고 싶은 마음은 없어요. 하기야 우리 집 생활이 화려하지는 못해요. 하지만 그 대신 걱정이란 게 없거든요. 언니네 생활이 호사스럽기는 하지만 그게 실은 벌지 못하면 빈털터리가 될 수도 있는 것 아니겠어요. 속담에 '손해는 덕의 형님'이라는 말도 있잖아요. 또 이런 말도 있지요. '오늘의 부자도 내일이면 남의 집 처마 밑에 서게 된다.' 거기에 비하면 우리네 농사일은 든든하지요. 농사꾼 생활이 화려하지는 못하지만 굴곡이 없잖아요. 부자는 못되더라도 배고픈 일은 없으니까요."

그러자 언니가 말했다.

"배만 부르면 뭘 해. 돼지나 송아지와 함께 사는 주제에! 그렇다고 좋은 옷을 입어, 좋은 교제를 해! 네 남편이 아무리 억척같이 벌어 봐야 결국 거름 속에서 살다가 거름 속에서 죽지 뭐니. 네 아이들 역시 마찬가지지지."

그 말에 동생은 이렇게 대꾸했다.

"그게 어떻다는 거예요. 그게 우리들의 일인걸요. 누구한테 머리 숙일 필요도 없고 누굴 무서워할 필요도 없으니 말이에요. 하지만 언니 사는 도시에선 온통 유혹 속에서 사는 거나 다름없잖아요. 오늘은 무사하더라도 내일이면 어떤 악마에게 홀릴지 모르니까요. 형부만 하더라도 그렇지, 언제 노름에 미칠지 술독에 빠져서 여자들이랑 놀아날지 알게 뭐예요. 그리고 그렇게 되는 날에는 모든 것이 끝장나는 게 아니겠어요. 안 그래요?"

동생의 남편인 빠홈은 벽난로[36] 곁에서 여자들이 하는 이야기를 듣고 있었다.

"그 말이 옳아. 옳은 얘기야. 우리야 어릴 때부터 땅만 파먹고 살아왔으니 어리석은 생각은 할 여유도 없었지. 곤란한 건 단 한 가지 땅이 부족한 점뿐이야. 여기에 땅만 여유가 있다면 난 겁날 게 없어. 악마도 무섭지 않아."하고 그는 말했다.

자매들은 차를 다 마신 뒤에도 한참 동안 옷 이야기를 하다가 찻잔과 접시를 치운 후 잠자리에 들었다.

그런데 이때 악마가 난로 뒤에 웅크리고 앉아 이 말을 모두 다 듣고 있었다. 악마는 농부가 마누라의 이야기에 끼어들어 자기에게 땅만 있으면 악마도 무섭지 않다고 큰소리친 것을 듣고 매우 기뻐했던 것이다. 악마는 생각했다.

'됐어! 어디 너, 나와 한 번 겨루어 보자. 내가 너에게 땅을 듬뿍 주지. 땅으로 너를 사로잡고 말겠어.'

2

농부들이 사는 곳에 그리 많지 않은 토지를 소유하고 있는 여지주가 나란히 살고 있었다. 그녀는 1백 20제샤찌나[37] 가량 되는 땅을 가지고 있었다. 그녀는 이제까지 농민들과 사이좋게 지내 왔고, 농민들을 함부로 대하지도 않았다. 그런데 최근에 군인 출신의 관리인이 고용된 후로부터는 그자가 벌금을 부과하여 농민들을 괴롭히기 시작했다. 빠홈이 아무리 조심을 해도 말이 지주네 귀리밭으로 뛰어든다든가, 암소가 지주 집 마당으로 들어가든가, 송아지가 목초지로 들어간다든가 하는 것은 막을 도리가 없어서 그럴 때마다 일일이 벌금을 물게 되는 것이다.

벌금을 물게 될 때마다 빠홈은 집안 식구들을 욕하고 때리곤 했다. 이 관리인 때문에 빠홈은 여름 동안에 무척 많은 벌금을 물었다. 그래서 가축들을 우리에 들여놓는 계절이 되자 그것이 오히려 기쁠 정도였다. 사료는 아까웠지만 걱정거리가 없어졌기 때문이다.

그런데 겨울 동안에 이런 소문이 떠돌았다. 여지주가 땅을 팔려고 하는데 그 관리인이 도로가의 땅을 사려 한다는 것이었다. 농민들은 그 말을 듣자 땅이 꺼지도록 탄식을 했다. 이 일을 어쩌나, 하고 그들은 하나같이 걱정했다.

'만일 그 관리인이 땅을 사게 되면 여지주가 그 땅의 주인이었을 때보다 더 지독한 벌금을 물려서 괴롭힐 게 틀림없어. 그러나 우리는 이 땅 없이는 살아갈 수가 없지. 우리는 모두 여지주네 소유지 둘레에서 살고들 있으니.'

사람들은 서로 뜻을 모아 여지주를 찾아가 땅을 관리인에게 팔지 말고 자기들에게 양도해 달라고 부탁했다. 그리고 관리인보다 비싼

값으로 꼭 땅을 사겠다고 약속했다. 여지주가 승낙했다. 마을 사람들은 함께 모든 땅을 사기로 하고 여러 번 집회를 가졌으나 일이 잘 이루어지지 않았다. 악마가 훼방을 놓았기 때문에 그들은 어떻게 해도 의견을 하나로 모을 수가 없었던 것이다. 그래서 사람들은 각기 자기의 형편대로 따로따로 사기로 했다. 여지주 쪽에서도 이에 동의했다. 빠홈은 이웃집 사람이 20제샤찌나의 땅을 샀는데, 여지주가 땅값의 반액만 받고 반액은 일 년 안에 갚으라고 했다는 말을 들었다. 빠홈은 그것이 부러웠다.

'다들 땅을 다 사는데 나만은 빈털터리로 있잖아.'

그래서 그는 아내와 의논을 했다.

"다들 땅을 사는데 우리도 10제샤찌나쯤은 사야 하지 않겠소. 우리도 땅이 좀 있어야 살 수 있지 않겠소."

두 사람은 어떻게 하면 땅을 살 수 있을까에 대해 의논했다. 그들에게는 저금해 둔 돈이 1백 루블[38] 있었다. 그래서 망아지 한 마리와 가지고 있던 벌꿀의 절반을 팔아 선금을 받고, 아들을 머슴살이 보내고, 동서에게서 빚을 내어 겨우 땅값의 반을 모았다.

돈을 모은 뒤 빠홈은 조그만 숲이 있는 15제샤찌나의 땅을 보아 놓고 값을 흥정하러 여지주를 찾아갔다. 빠홈은 15제샤찌나의 땅에 대한 가격을 흥정하자 계약금을 치렀다. 그리고 도시로 나가 소유권 등기를 마치고, 돈은 우선 반액만 지불하고 나머지는 이 년 안에 치르기로 했다.

이래서 빠홈은 땅 임자가 되었다. 빠홈은 씨앗을 빌려 사들인 땅에 다 농사를 지었다. 농사는 풍작이었다. 겨우 일 년 만에 그는 여지주에게 진 빚도 동서에게 진 빚도 모두 다 갚았다. 빠홈은 마침내 진짜 지주가 된 것이었다. 자기 땅을 경작해서 씨를 뿌리고, 자기의 목초지에서 꼴을 베고, 자기 땅에서 땔감을 베어 때고, 자기 땅에서 가축을 길렀다. 빠홈은 영원히 자기 소유가 된 밭을 갈러 나갈 때나, 경작물이나 목초지를 둘러보러 나갈 때마다 기뻐서 어쩔 줄을 몰랐다. 거기 가면 풀도 꽃도 모든 게 다른 집 것과는 아주 다른 듯한 기분이 들었다. 분명 예전에도 곧잘 지나다녔던 바로 그 땅이었으나 지금은 아주 특별한 땅으로 생각되었다.

3

이렇듯 빠홈은 즐거운 나날을 보내고 있었다. 만약 마을 사람들이 그의 농작물이나 목초지를 망치지만 않았더라면 모든 것이 더할 나위 없이 좋았을 것이다. 그는 진지하게 부탁을 해보았지만 도무지 해결될 기미가 보이지 않았다. 목동들이 그의 목초지에 소를 몰아넣기도 하고, 밤새도록 말이 밭을 짓밟아 놓기도 하는 것이었다. 그럴 때마다 빠홈은 그것들을 내쫓기만 하고 용서해 주었지 한 번도 재판을 한 적은 없었다. 그러나 이 일들이 너무나 귀찮아져서 그는 마침내 재판소에 고발을 하게 되었다. 원래 사람들이 그런 짓을 하는 것은 땅이 좁아서지 일부러 그러는 게 아니라는 것을 그도 잘 알고는 있었지만 한편으로는 이런 생각도 들었다.

'그렇다고 이대로 내버려 둘 수는 없지 않은가. 내버려두었다간 그들이 모두 짓밟아 버려서 못쓰게 되겠는걸. 혼을 좀 내줄 필요가 있어.'

이렇게 하여 그는 우선 한 번 재판소에 고발하여 혼을 내주고 이어서 또 한 번 혼을 내주었다. 첫 번째 상대도 두 번째 상대도 벌금을 물었다. 그래서 이제는 반대로 근방 사람들이 빠홈을 원망하게 되어 일부러 빠홈의 밭과 목초지를 망쳐 버렸다. 어떤 사람은 밤중에 빠홈의 숲으로 들어가 몇 그루 남지 않은 보리수나무껍질을 벗겨 버렸다. 빠홈이 숲 속을 지나가다 보니 무언가 허연 것이 눈에 띄었다. 가까이 가보니 껍질이 벗겨진 어린 보리수나무들이 부근에 잔뜩 어질러져 있고 그루터기가 여기저기 남아 있었다. 하다못해 숲 가장자리의 것이나 베든지, 한 그루만이라도 남겨 주었으면 좋았을 텐데, 누군지 모를 그 악당들은 나무들을 깡그리 베어 버렸던 것이다. 빠홈은 머리끝까지 화가 치밀었다.

'누가 이런 짓을 했는지 알아내어서 꼭 갚아줄 테다.'

그는 누구의 소행일까 하고 곰곰이 생각해 보았다. 빠홈은 이것이 아무래도 쇼까[39]의 짓이 틀림없다고 단정하고는 곧장 쇼까네로 쳐들어가서 쇼까를 만나 보았지만 아무 단서도 찾지 못하고, 그들로부터 심한 핀잔만 들었을 뿐이었다. 그래서 빠홈은 더욱더 쇼까의 짓이 틀림없다고 믿게 되어 버렸다. 그는 청원서를 냈다. 두 사람은 법정에 호출되었다. 여러 차례에 걸쳐 재판이 열렸지만 쇼까는 무죄로 판정되었다. 아무 증거가 없었기 때문이었다. 그러자 빠홈은 더욱더 화가 나서 촌장과 재판관에게까지 욕을 해대고 말았다.

"당신들은 도대체 도둑의 편을 드는 거요? 만약 당신네들이 올바른 생활을 하고 있다면 결코 도둑을 용서하지는 않을 겁니다."

빠홈은 재판관과 이웃 사람들을 상대로 싸움을 벌였다. 마침내 마을 사람들은 집에 불을 지르겠다고까지 하면서 그를 위협해 댔다. 이렇게 하여 빠홈은 비록 넓은 땅은 소유했으나, 오히려 더 좁은 세상에서 살게 되고 말았다.

그럴 때에, 농민들이 새로운 고장으로 옮겨 가려 하고 있다는 소문이 났다. 빠홈은 생각했다.

'나야 내 땅을 떠나야 할 이유가 없지. 더구나 이 근방 사람이 떠난다고 하면 이곳 땅이 좀 더 넓어질 거야. 그러면 더 살기가 좋아지겠지. 아무래도 지금 상태로는 좀 좁단 말이야.'

하루는 빠홈이 집에 있는데 마침 길 가던 농부 한 사람이 빠홈의 집에 들렀다.

집안 식구들은 그 농부가 밤을 지내고 갈 수 있도록 해 주고 음식을 대접했다. 이런저런 이야기를 하다가, 어디서 왔느냐고 빠홈이 묻자 농부는 아래쪽 볼가 강[40] 너머에서 왔으며 기기서 농사를 짓고 있다고 대답했다. 농부는 그곳으로 숱한 사람들이 이주해 간다는 말도 하였다. 사람들이 그곳에 이주하면 마을의 조합에 저절로 가입되어 1인당 10제샤찌나씩 땅을 공짜로 얻을 수 있게 되어 있다고 했다. 그리고 이런 이야기까지 들려주었다.

"그런데 그 땅이 또 어찌나 비옥하던지 밀농사를 지으면 그 키가 말이 보이지 않을 정도로 자라고 겨우 다섯 줌으로 한 다발이 되어 버리지요. 어떤 사람은 하도 가난해서 거의 빈손으로 오다시피 했었는데 지금은 말 여섯 필과 암소를 두 마리나 가지게 되었답니다."

빠홈은 흥분하여 말했다.

"그렇게 잘 살 수 있는 곳이 있다면 하필 이렇게 좁은 데서 가난하게 살 필요가 없겠군. 이따위 땅이나 집은 팔아 버리고 거기 가서 그 돈으로 집을 짓고 한 번 잘 살아 봐야지. 이렇게 좁은 데 있다가는 평생 죄만 짓고 말 테니. 아무튼 내가 직접 가서 모든 방법을 알아봐야겠군."

여름이 되자 빠홈은 채비를 하여 길을 떠났다. 사마라[41]까지는 볼가 강을 따라 기선을 타고 내려갔고 그다음부터는 4백 베르스따[42]가량 걸어서 갔다. 이윽고 빠홈은 목적지에 이르렀다. 과연 모든 것이 듣던 대로였다. 농민들은 1인당 10제샤찌나의 땅을 배당받아 여유있게 지내고 있었다. 그리고 누구든지 기꺼이 조합에 가입시켜 주었다. 뿐만 아니라 돈이 있는 사람은 배당받은 땅 이외에도 제일 좋은 땅을 10제샤찌나에 3루블씩 주고 자기가 필요한 만큼 얼마든지 살 수가 있었다.

빠홈은 자신이 알고 싶은 것을 모두 알아낸 다음 가을이 되기 전에 집으로 돌아오자마자 소유물을 모두 팔기 시작했다. 땅은 이윤을 남기고 팔았다. 집도 가축도 모두 다 팔렸다. 그런 뒤 마을의 조합에서 탈퇴하고 봄이 되기를 기다렸다가 가족을 데리고 새 고장으로 옮겨갔다.

4

빠홈은 가족을 데리고 새 고장에 이르자마자 곧 큰 마을의 조합에 가입했다. 마을의 노인들에게 마실 것을 잘 대접하고 자신에게 필요한 서류를 모두 얻었다. 마침내 빠홈은 마을에 이주할 것이 허락되어 다섯 명의 가족들에 대해 목초지를 제외한 여기저기의 땅 50제샤찌나를 배당받았다. 빠홈은 집을 짓고 가축도 키웠다. 그의 땅은 이제까지 가졌던 것보다 세 배나 넓게 되었다. 더구나 그것은 무척이나 비옥한 땅이었다. 생활도 예전에 비해 열 배나 나아졌다. 이제 가축은 얼마든지 키울 수가 있었다.

처음에 집을 짓고 가축을 늘리고 하는 동안은 빠홈도 만족해했으나, 차츰 새집에 익숙해지고 나니 그 땅만으로는 아직도 좀 좁다는 생각이 들었다. 첫 해에 빠홈은 자기 밭에 밀을 갈았다. 그것은 잘 되었다. 그는 밀농사를 더 짓고 싶었지만 배당된 땅이 모자랐다. 남은 땅은 밀농사에 적당치가 않았다. 이 지방에서는 밀을 억새밭이나 휴한지 같은 데 심지 않으면 안 되었다. 일 년이나 이 년쯤 밀농사를 짓고 나면 또다시 풀이 날 때까지 땅을 그대로 묵혀 두어야 했다. 그런데 그런 땅을 원하는 사람이 많았기 때문에 아무래도 모자라기가 일쑤였다. 그 때문에 여기서도 역시 투쟁이 벌어졌다. 돈이 있는 사람은 자기가 직접 파종하고 싶어했고, 가난한 사람들은 세금 대신으로 땅을 상인에게 빼앗겨 버렸다. 빠홈은 좀 더 많이 밀농사를 짓고 싶었다. 그래서 이듬해에는 상인에게로 가서 일 년 계약으로 땅을 샀다. 그리하여 더 많은 밀을 뿌리게 되었는데 밀농사는 풍작이었다. 그러나 이 땅은 마을에서 좀 멀었기 때문에 15베르스따나 운반해야만 했다. 그런데 그 곳에 한 농민이 상업을 겸하면서 별장을 소유하고 있었는데 그 사람이 점차 부유해지는 것을 보았다. 빠홈은 생각했다. 만일 땅을 영원히 내 소유로 하고, 별장을 지을 수만 있다면 얼마나 좋을까? 그렇게 되면 모든 것이 다 해결될 텐데. 그리하여 빠홈은 그 땅을 어떻게 하면 영원히 살 수 있을까 하고 생각했다.

빠홈은 이렇게 삼 년의 세월을 보냈다. 매년 땅을 빌려서 밀을 심었다. 해마다 밀농사는 풍작이 되어 돈도 많이 모였다. 이것으로도 생활을 하기는 충분했다. 그러나 빠홈은 해마다 남에게 땅을 빌리기 위해 안달해야 하는 일이 번거롭게 느껴졌다. 좋은 땅이 있기만 하면 사람들이 어디든지 당장 달려가서 먼저 빌려 버린다. 어물어물하다가는 농사도 못 짓게 되어 버리는 것이었다. 삼 년이 지났을 때 그는 어떤 상인과 함께 농부들에게 목장을 빌려 절반씩 쟁기질을 완전히 끝내 놓았는데, 재판이 벌어지는 바람에 모처럼의 노력이 허사가 되고 말았다. 그는 생각했다.

'만약 이것이 내 땅이라면 누구에게 머리 숙일 필요도 없고 이런 불행한 일도 없을 텐데.'

그래서 빠홈은 영원히 자기 것으로서 살 수 있는 땅이 없을까 하고 물색하기 시작했다. 그러다가 한 농부를 찾아냈다. 그 사람은 5백 제샤찌나의 땅을 가지고 있었는데 파산을 해서 그걸 싸게 판다는 것이었다. 빠홈은 그 사람과 교섭을 했다. 계속해서 이야기하다가 땅값을 1천 5백 루블로 합의하고, 반액은 조금 나중에 주기로 하였다. 거의 완전히 이야기가 결정됐을 무렵에 한 나그네 상인이 밥 한 그릇 얻어 먹으려고 빠홈네 집에 들렀다. 두 사람은 차를 마시면서 이런저런 이야기를 했다. 상인은 멀리 바쉬끼르[43]에서 왔다고 했다. 그 상인은 바쉬끼르 사람들에게 5천 제샤찌나의 땅을 샀는데 그 값이 겨우 1천 루블이었다는 것이다. 그러자 빠홈은 이것저것 캐묻기 시작했다.

"그저 노인들 비위만 잘 맞추면 됩니다. 나는 1백 루블 어치의 옷과 양탄자와 차 한 상자를 나누어주고 술을 마실 줄 아는 사람에겐 술을 대접해 주었지요. 그래 가지고 1제샤찌나에 20까뻬이까[44]라는 헐값으로 샀지 뭡니까."

상인은 이렇게 말하며 그 증거로 등기 증서를 보여 주었다. 그리고 이렇게 덧붙였다.

"더군다나 그 땅들은 전부 시냇물을 끼고 있어서 모두 억새풀이 나 있는 초원이랍니다."

빠홈은 무엇을 어떻게 해야 하는지 자세히 캐물었다. 그러자 상인이 말했다.

"그 땅은 일 년 동안 걸어도 아마 못다 돌 거예요. 그것은 모두 바쉬끼르 사람들 땅이지요. 그곳 사람들은 양같이 순해서 땅을 공짜나 다름없이 살 수가 있어요."

빠홈은 생각했다.

'그렇다면 겨우 5백 제샤찌나의 땅에 1천 루블을 내고도 또 빚을 내야 하는 이런 어리석은 짓을 뭣 때문에 한담? 그곳에 가기만 하면 같은 1천 루블을 갖고도 땅을 얼마든지 손에 넣을 수 있다는데!'

5

빠홈은 그곳으로 가는 길을 자세히 물었다. 그리고 상인이 가고 난 다음 자기도 곧 길 떠날 채비를 했다. 그는 집에 아내를 남겨 두고 하인 한 사람만 데리고 떠났다. 그는 가다가 도시에 들러서 상인이 말한 대로 차 한 상자와 선물들과 술을 샀다. 그리고서 약 5백 베르스따쯤 갔다. 꼬박 7주 만에 그는 바쉬끼르의 유목지에 이르렀다. 모두가 상인이 말한 그대로였다. 사람들은 시냇물을 낀 초원에서 펠트로 된 유목민 천막 속에 살고 있었다. 그들은 경작도 하지 않고 빵도 먹지 않았다. 초원에도 가축과 말이 떼를 지어 돌아다니고 있었다. 망아지는 수레 뒤에 매어져 있고 이곳으로 하루 두 번씩 어미 말이 이끌려 왔다. 사람들은 암말의 젖을 짜서 그것으로 꾸므이스[45]를 만들었다. 여자들은 꾸므이스를 휘저어 섞어서 치즈를 만들었다. 그러나 남자들은 오로지 꾸므이스차를 마시고 양고기를 먹으며 피리나 불 따름이었다. 모두들 살이 찌고 쾌활하며, 여름 동안 내내 놀고만 있었다. 그들은 무식하여 러시아어도 할 줄 몰랐으나 너그럽고 친절했다.

빠홈의 모습을 보자, 천막 속에서 바쉬끼르 사람들이 우르르 몰려나와 그를 에워쌌다. 통역이 나왔다. 빠홈은 통역에게 자기는 땅 문제로 왔다는 이야기를 했다. 바쉬끼르 사람들은 반가워하며 빠홈을 얼싸안듯이 하여 제일 좋은 천막으로 안내했다. 그리고는 양탄자 위에 깃털 방석[46]을 깔아 빠홈을 앉게 하고 자기들은 그 주위에 빙 둘러앉았다. 그들은 빠홈에게 차와 꾸므이스를 대접했다. 그리고 양고기도 잘라서 대접했다. 빠홈은 여행 마차에서 선물을 가져다가 바쉬끼르 사람들에게 나누어주었다. 빠홈은 이 사람들에게 선물을 준 다음 차도 나누어주었다. 바쉬끼르 사람들은 무척 기뻐했다. 자기들끼리 소곤소곤하다가 통역을 시켜 말을 전하게 했다. 통역은 다음과 같이 말하였다.

"이분들이 말하기를, '우리는 모두 당신이 아주 마음에 들었습니다. 그래서 우리들의 관습에 따라 받은 선물에 대하여 무엇으로라도 답례를 하고 싶습니다. 당신이 우리에게 여러 가지 물건을 주셨으니 우리가 가진 것 중에서 무엇이든지 좋은 것을 드리겠습니다. 그렇게 아시고 말씀해 주십시오.'라는군요."

"내가 제일 바라는 것은 당신네들의 땅입니다. 우리 고장은 땅이 좁은 데다 너무 오랫동안 경작해 와서 토질이 나빠졌는데 이곳은 땅이 많을뿐더러 모두 기름지더군요. 이렇게 좋은 땅을 나는 아직 본 적이 없습니다."하고 빠홈은 말했다.

통역이 그 말을 전했다. 바쉬끼르 사람들은 다시 의논을 했다. 빠홈은 그들이 말하는 것을 알아들을 수는 없었으나 아주 유쾌하게 무엇인가를 떠들어대며 웃고 있는 것을 보았다. 이윽고 조용해지더니 모두들 빠홈 쪽을 보았다. 그리고 통역이 말을 시작했다.

"모두들 말하기를 당신의 친절에 대하여 얼마든지 필요한 만큼의 땅을 기꺼이 당신에게 드리겠다는 것입니다. 그러니까 손짓으로 얼마 만큼이라고 말씀하십시오. 그러면 그만큼 드리기로 하겠답니다."

그들은 또다시 의논을 하다가 옥신각신 다투기 시작했다. 빠홈은 무엇에 대해 다투고 있느냐고 물었다. 그러자 통역이 대답했다.

"실은 이 사람들 가운데서, 땅에 관한 문제라면 촌장에게 물어볼 필요가 있으니 우리끼리 정해서는 안 된다는 사람과 그럴 필요가 없다는 사람이 생겼습니다."

6

이렇듯 바쉬끼르 사람들이 옥신각신하고 있는 곳에 여우 가죽 모자를 쓴 사람이 불쑥 들어왔다. 모두들 입을 다물고 일어섰다. 통역이 말했다.

"이 분이 바로 촌장 어른입니다."

빠홈이 얼른 일어나 가운[47]과 5파운드짜리 차 상자를 촌장에게 내놓았다. 촌장은 그것을 받아 들고 맨 윗자리에 앉았다. 여러 바쉬끼르 사람들이 그에게 무엇인가 이야기를 했다. 촌장은 대충 듣고 나자 고개를 한 번 크게 끄덕여서 그들의 말을 중지시키고 빠홈에게 러시아어로 말했다.

"좋습니다. 마음에 드시는 곳을 가지십시오. 땅은 얼마든지 있으니까요."

'필요한 만큼 가지라지만 이걸 어떻게 가져야 한담? 아무튼 계약만은 단단히 해놓을 필요가 있어. 주고 나서 나중에 도로 내놓으라고 할지도 모르니까.'하고 빠홈은 생각했다.

"친절하신 말씀 감사합니다. 말씀대로 이곳에는 땅이 많습니다만, 나는 조금만 있으면 됩니다. 나는 다만 어느 만큼이 나의 것이라는 것만 알면 됩니다. 하여간 일단 측량을 해서 내 몫이라는 것을 분명히 해 둘 필요가 있다고 생각합니다. 사람이란 언제 죽을지 모르는 것이니까요. 당신들이 친절해서 나에게 땅을 주셨더라도 당신네 아들대에 가서 도로 빼앗을지 모르는 일이 아니겠습니까."하고 빠홈이 말했다.

"옳은 말씀이오. 확실히 해둡시다."하고 촌장은 말했다.

그래서 빠홈은 말했다.

"들으니 이곳에 상인 한 사람이 왔었다고 하는데, 당신네들은 그 사람에게 땅을 주고 등기 증서를 작성하셨더군요. 나에게도 그렇게 해 주셨으면 좋겠습니다."

촌장은 승낙했다.

"네, 그런 것쯤이야 어렵지 않아요."하고 그는 말했다.

"우리 고장에도 서기가 있으니 함께 도시로 나가서 정식 수속을 밟읍시다."

"한데, 값은 어느 정도로 하면 될까요?"하고 빠홈이 말했다.

"우리 고장에서는 값은 균일합니다. 하루 치가 1천 루블이요."

빠홈은 납득이 가지 않았다.

"그렇다면 어떤 방법으로 재는 건가요, 하루치란? 그게 몇 제샤찌나 가량이나 됩니까?"

"우리 고장에서는 그런 식으로 측량할 줄을 모릅니다."

촌장은 말했다.

"항상 하루치를 얼마로 팔고 있지요. 말하자면 그 사람이 하루 종일 걸은 만큼의 땅을 드리는 거죠. 그래서 하루치에 1천 루블이라는 겁니다."

빠홈은 놀랐다.

"그렇다면 하루 종일 걸으면 상당한 면적이 되겠는데요."

촌장은 웃었다.

"네, 그게 모두 당신 것이 됩니다."하고 그는 말했다.

"다만 한가지 조건이 있습니다. 만약 당일에 출발점까지 돌아오지 못하면 당신의 돈까지도 사라지게 되는 것입니다."

"그렇다면 내가 돌아다닌 곳을 어떻게 표시를 하지요?"

"우리가 어디든지 당신이 원하시는 곳으로 함께 갑니다. 그리고 거기 서 있을 테니까 당신은 그곳을 출발해서 빙 돌아오시면 됩니다. 그때 당신은 삽을 들고 가셔서 어디든지 필요한 곳에 표를 해두십시오. 즉 조그맣게 구덩이를 파서 그 속에 나무나 풀을 꽂아 두십시오. 나중에 그 구덩이에서 구덩이로 쟁기로 갈아엎을 테니까요. 어떻게 하시든 상관은 없지만, 꼭 해가 떨어지기 전에 출발점까지 돌아오셔야 합니다. 그러면 당신이 돌아오신 땅은 모두 당신 것이 됩니다."

빠홈은 기뻤다. 그들은 아침 일찍 출발하기로 약속했다. 그러고 나서는 이야기를 하며 꾸므이스를 마시고 양고기도 먹고 차도 마시며 밤이 으슥하도록 즐겼다. 이윽고 그들은 빠홈에게 깃털 이불을 내주고서 각자 자신의 수레로 돌아갔다. 그들은 내일 새벽에 모여서 해가 돋기 전까지 출발점으로 가자고 약속했다.

7

빠홈은 깃털 이불을 덮고 누웠으나 통 잠을 이룰 수가 없었다. 줄곧 땅만 생각하고 있었다. 어떻게 해서든지 땅을 많이 차지해야지 하는 궁리에 잠겨 있었다.

'하루 종일 걸으면 50베르스따는 돌 수 있을 거다. 그리고 지금은 해가 제일 긴 때다. 둘레가 50베르스따라고 하면 면적이 어느 정도나 될까. 그 중 나쁜 곳은 팔든가 빌려주면 된다. 그리하여 좋은 곳만 차지하여 그곳에 정착하기로 하자. 암소 두 필이 끌 쟁기를 만들고 머슴 두 사람을 고용하여 50제샤찌나 정도만 경작하고 나머지 땅에서는 목축을 하기로 하자.'하고 그는 생각했다.

빠홈은 밤새도록 뜬눈으로 지냈다. 그러다가 새벽녘에야 겨우 잠이 들었다. 그나마 눈을 감자마자 꿈을 꾸었다. 꿈속에서 그는 지금 자고 있는 그 수레 속에 누워서 귀를 기울이고 있는 참이었다. 밖에서 누군가가 소리 내어 웃고 있었다. 그래서 그는 누가 웃고 있는가 알고 싶어 수레 밖으로 나갔다. 나가 보니 바쉬끼르의 촌장이 수레 앞에 앉아서 두 손으로 배를 안고 몸을 흔들며 웃어대고 있었다. 그는 곁으로 가서 물어보았다.

"뭘 그렇게 웃고 계십니까?"

그러다가 보니 그것은 바쉬끼르의 촌장이 아니고 그에게 얼마 전에 땅 이야기를 해서 그를 이곳으로 오게 한 바로 그 상인 같았다. 그래서 가까이 갔다.

"여기 온 지 오래됐소?"하고 그가 물으려 하자 어느새 그 사람은 상인이 아니라 전에 볼가 강 너머에서 왔던 그 농부로 변했다. 그런데 자세히 보니 그건 농부도 아니었고 뿔과 발굽이 있는 악마로 변해서 큰 소리로 웃고 있었다. 그리고 그 앞에는 내의 바람에 맨발인 남자 하나가 나둥그러져 있었다. 빠홈은 가까이 가서 찬찬히 살펴보았다. 저 남자는 대체 누굴까? 그런데 남자는 이미 죽어 있었는데 그것은 바로 빠홈 자신이었다. 빠홈은 깜짝 놀라 눈을 번쩍 떴다.

'뭐야, 꿈이었군!'

눈을 뜨며 그는 이렇게 생각했다.

주위를 두리번거리다가 열린 문 쪽을 보니 밖은 동이 터 오고 있었다. 빠홈은 떠날 시간이 됐으니 모두들 깨워야겠다고 생각했다. 빠홈은 곧 일어나 여행 마차에서 자고 있는 하인을 깨워 말을 매게 하고 자기는 바쉬끼르 사람들을 깨우러 갔다.

"시간이 되었습니다. 초원에 나가 땅을 측량해야지요."

바쉬끼르 사람들도 일어나서 모두 모였다. 촌장도 왔다. 바쉬끼르 사람들은 또 꾸므이스를 마시기 시작했다. 빠홈에게도 꾸므이스차를 대접하려 했으나 그는 사양했다.

"어서 출발합시다. 시간이 다 되었으니까요."하고 그는 말했을 뿐이었다.

8

바쉬끼르 사람들이 떠날 채비를 하였다. 어떤 사람은 말을 타고 어떤 사람은 마차를 타고 출발했다. 빠홈은 하인과 자기 마차를 타고 땅을 팔 연장을 준비하였다. 초원에 이르니 날이 훤히 밝았다. 바쉬끼르어로 '쉬한'[48]이라는 언덕에 당도하자 그들은 마차에서 내려 한데 모였다. 촌장이 빠홈 곁으로 와서 한 손을 들어 가리키며 말했다.

"보시다시피 이 넓은 땅이 모두 우리 땅입니다. 마음에 드는 곳을 택하십시오."

빠홈의 눈이 이글이글 타올랐다. 땅은 아득히 눈앞에 펼쳐진 억새풀 초원으로, 손바닥같이 평평하고 양귀비같이 검었으며 협곡에는 여러 가지 잡초가 사람의 가슴까지 올 정도로 자라고 있었다.

촌장은 여우 가죽 모자를 벗어서 그것을 땅에 놓았다.

"그러면 이것을 표지로 하지요. 자, 여기서 출발해 주십시오. 그리고 이곳으로 돌아오십시오. 그러면 돌아서 오신 만큼의 땅이 당신의 것이 됩니다."

빠홈은 돈을 꺼내어 모자 속에다 집어넣고, 까프딴[49]을 벗어 조끼 바람이 되자 가죽띠에 매달았다. 그리고는 장화를 단단히 매고 하인이 들고 있던 삽을 받아든 다음 출발 준비를 했다. 그는 어느 쪽으로 나갈까 잠시 생각했다. 어디를 보아도 훌륭한 땅뿐이었다.

'모든 게 다 좋군. 해 돋는 쪽을 향해 가야겠군.'하고 그는 생각하였다.

이리하여 그는 해 돋는 쪽을 향해 서서 제자리걸음을 하며 하늘 저쪽에서 해가 떠오르기를 기다렸다.

'시간을 조금이라도 허비해서는 안 되지. 시원할 동안에 걷는 것이 더 수월할 거야.'

하늘 끝에서 해가 얼굴을 내밀기가 무섭게 빠홈은 삽을 어깨에 메고 초원을 향해 걷기 시작했다.

빠홈은 느리지도 빠르지도 않게 걸었다. 1베르스따쯤 가다가 걸음을 멈추고 구덩이를 파서 거기에 눈에 잘 띄도록 잔디를 여러 덩이 묻어 놓았다. 그리고는 또 걸어갔다. 걷기 시작하니 저절로 걸음이 빨라졌다. 조금 가다가 또 구덩이를 팠다.

빠홈은 뒤를 돌아보았다. 햇빛을 받은 언덕은 물론 그 위의 사람들까지 선명하게 보였으며 여행 마차의 쇠바퀴가 눈부시게 반짝이고 있었다. 빠홈은 이제 5베르스따쯤은 걸었을 거라고 생각했다. 차차 더워져서 조끼를 벗어 어깨에 걸치고 걸었다. 아직껏 5베르스따밖에 오질 못했다. 점점 더 더워졌다. 해를 보니 벌써 아침 시간이었다.

'이제 한 구덩이가 끝난 셈이구나. 한데 하루에 네 군데 구덩이를 파게 되어 있으니 아직은 구부러지기에는 빠르겠지. 그러나 장화는 벗기로 하자.'

그는 웅크리고 앉아 장화를 벗어서 띠에다 차고 또 걷기 시작했다. 걷기가 쉬웠다. 그러다가 생각했다.

'5베르스따 정도만 더 걸어가 보자. 그리고서 왼쪽으로 구부러지기로 하자. 땅이 너무 좋아서 단념하기가 아까운걸. 가면 갈수록 더 좋으니.'

그는 계속 곧바로 걸어갔다. 뒤를 돌아보니 언덕은 이미 아득히 멀어지고 사람들은 개미처럼 보였고, 무엇인가 반짝거리는 것이 아주 조금 보일 뿐이었다.

'이만하면 이쪽은 충분히 잡았다. 이제는 구부러져야겠다. 땀을 흘렸더니 목도 타는군.'

그는 이렇게 생각하고 멈추어 서서 되도록 큼직하게 구덩이를 파고 거기다 잔디를 묻었다. 그리고는 물통을 집어들고 듬뿍 물을 마신 다음 거기서 곧바로 왼쪽으로 구부러졌다. 그는 걷고 또 걸었다. 풀은 높아져갔고 더워지기 시작했다.

빠홈은 피로를 느끼기 시작했다. 해를 쳐다보니 바로 한낮이었다.

'자아, 조금만 쉬자.'

빠홈은 걸음을 멈추고 거기 앉았다. 물을 마셔 가며 빵을 먹었을 뿐 눕지는 않았다. 누웠다가는 잠이라도 들 것 같아서 잠시 앉았을 뿐이었다. 그는 또 걷기 시작했다. 처음에는 수월하게 걸을 수가 있었다. 금방 빵을 먹었기 때문에 기운이 났던 것이다. 그러나 더위는 점점 심해지고 졸음이 쏟아졌다. 그래도 빠홈은 꾹 참고 걸으며, 한 시간을 참고 견디면 일생 동안을 잘 살 수 있을 거라고 생각했다.

그는 이쪽 면도 상당히 멀리 걸어왔다. 그래서 다시 왼쪽으로 구부러지려 하다 보니 가까이에 촉촉한 분지가 있었다.

'이걸 그대로 버리기엔 아까운데, 저기라면 아마가 잘 될 거야.'하고 그는 생각했다.

그리하여 그는 다시 곧장 걸었다. 분지를 차지하고 나자 그 너머에 구덩이를 파고 그곳에 두 번째 모퉁이를 만들었다. 빠홈은 언덕 쪽을 돌아다보았다. 더위 때문에 무언가 아련하게 흔들리는 것이 대기 속에 보였다. 그리고 짙은 안개 속으로 언덕 위에 있는 사람들이 희미하게 보였다. 그들이 있는 곳까지는 15베르스따쯤 남아 있었다.

'자, 두 쪽은 이렇게 길게 잡았으니 이번에는 좀 짧게 잡아야겠는걸.'

세 번째로 접어들자 그는 걸음을 빨리했다. 해를 보니 이미 오후도 한나절이 지나 있었는데 세 번째 모퉁이에서는 아직 2베르스따도 못 왔고, 출발 지점까지는 족히 15베르스따는 남아 있었다.

'이러다간 안 되겠다. 지형은 비뚤어졌더라도 이젠 똑바로 가야겠다. 더 이상 탐내지 말아야지. 땅은 이만하면 충분해.'

빠홈은 급히 구덩이를 파고는 거기서 곧장 언덕 쪽으로 향해갔다.

9

빠홈은 곧장 언덕 쪽을 향해 걸었으나 점점 힘이 들기 시작했다. 몸은 땀에 흠뻑 젖었고 장화를 벗은 발은 찢기고 베이고 상처투성이가 되어 제대로 걸을 수가 없었다. 좀 쉬고 싶었으나 그럴 수도 없었다. 해지기 전에 도착할 수가 없을 것 같았기 때문이다. 해는 기다려 주지 않고 계속해서 지고 있었다.

'아아 실패한 게 아닌지 모르겠어. 너무 많이 땅을 가진 게 아닐까? 만약 늦으면 어떡한담.'

그는 언덕과 해를 번갈아 쳐다보았다. 출발점까지는 아직도 멀었으나 해는 이제 금방 지려 하고 있었다.

그리하여 빠홈은 걸음을 재촉했다. 그는 몹시 괴로웠으나 쉴 새 없이 걸었다. 그러나 가도 가도 길은 멀었다. 마침내 그는 뛰기 시작했다. 조끼도 장화도 물통도 모자도 내팽개치고 삽만을 들고 그것을 지팡이 삼아 뛰었다.

'아아, 내가 너무 욕심이 지나쳤어. 이제는 다 끝났다. 해 떨어지기 전에는 도착할 것 같지도 않아.'

그는 이런 두려운 생각이 들자 숨까지 막혀 왔다. 빠홈은 무작정 달렸다. 땀에 젖은 내의는 몸에 찰싹 달라붙고 입안은 바싹 말라 버렸다. 가슴은 대장간 풀무처럼 부풀어 오르고 심장은 망치질을 하듯이 뚝딱거렸다. 다리는 남의 다리처럼 휘청거렸다. 빠홈은 이러다가 죽어 버리지나 않을까 하는 무서운 생각이 들었다.

죽는 것은 무서웠지만 그래도 멈추어 설 수는 없었다.

'그렇게 고생스레 뛰어왔는데, 여기까지 와서 멈추어 선다면 바보 소릴 듣겠지.'

그가 계속 달리고 달려서 겨우 출발지점에 가까이 왔을 때 바쉬끼르 사람들이 그를 향해 질러대는 날카로운 고함소리가 들려왔다. 이 외침 소리 때문에 그의 심장은 한층 더 빨라졌다. 빠홈은 젖 먹던 힘을 다하여 달리고 있었는데 해는 이미 지평선 가까이 저녁놀 속으로 떨어져 가는 새빨간 큰 공처럼 보였다. 드디어 해가 막 넘어가려는 것이었다. 해도 가까이 있었고, 출발점까지도 이제 얼마 남지 않았다. 빠홈은 언덕 위에 서 있는 사람들, 그를 향해 손을 흔들며 그를 재촉하고 있는 사람들을 보았다. 땅 위에 놓인 여우 가죽 모자 속의 돈까지도 보였다. 그리고 촌장은 땅바닥에 앉아 두 손으로 배를 움켜잡고 있었다. 그때 빠홈은 꿈 생각이 났다.

'땅은 많이 차지했지만 하나님이 그 위에서 살게 해주실까? 아아,

나는 끝장이다! 도저히 달려갈 수가 없어.'

빠홈은 해를 보았다. 그것은 이미 땅에 닿아 있어서 아래쪽은 가라앉았고 위쪽 끝은 아치형이 되어 있었다. 빠홈은 마지막 힘을 쥐어짜서 몸을 앞으로 기울이고 넘어지지 않기 위해 간신히 다리를 끌어다 놓고 있었다. 그렇게 가까스로 빠홈은 언덕 밑에 이르렀다. 갑자기 주위가 어두워졌다. 해가 지고 말았다. 빠홈은 깜짝 놀랐다.

'애쓴 보람도 없이 허사가 되었구나.'

그는 이렇게 생각했다.

그래서 발을 멈추려다 보니 바쉬끼르 사람들이 쉴 새 없이 뭔가 외쳐대고 있는 소리가 들렸다. 그러자 순간적으로, 언덕 밑에 있는 그에게는 해가 진 것 같지만 언덕 위에서는 아직 해가 남아 있을지도 모른다는 생각이 머리에 스쳤다. 빠홈은 기대에 부풀어 언덕으로 달려 올라갔다. 언덕 위는 아직 밝았다. 빠홈은 올라가자마자 모자를 보았다. 모자 앞에는 촌장이 앉아서 두 손으로 배를 잡고 큰 소리로 웃어대고 있었다. 빠홈은 꿈 생각이 나서 깜짝 놀랐다. 다리에 힘이 빠져서 빠홈은 앞으로 쓰러졌다. 빠홈은 쓰러지면서도 두 손으로 모자를 움켜쥐었다.

"허, 대단하십니다! 많은 땅을 손에 넣으셨소!"하고 촌장이 소리쳤다.

빠홈의 하인이 달려가서 그를 부축해 일으키려 했으나 그의 입에서는 피가 쏟아져 나왔다. 빠홈은 쓰러져 죽고 말았던 것이다.

바쉬끼르 사람들은 혀를 차며 빠홈을 불쌍하게 여겼다.

하인은 삽을 집어 들고 빠홈의 머리에서 발끝까지 정확하게 치수를 재고 나서 빠홈의 무덤을 만들기 위해 3아르쉰[50]만큼 땅을 팠다. 그리고 그를 그곳에 묻었다.

36 벽난로_ 러시아어로 뻬치까라 불리는 벽난로는 추운 겨울을 따뜻하게 해주는 것일 뿐 아니라 음식을 만드는 곳이기도 하다. 농가에서 제일 따뜻한 장소인 이 벽난로 위에서 집안의 어른이나 아이들이 잠을 자며 지낸다.

37 제샤찌나_ 미터법 시행 이전 러시아에서 토지를 측량했던 단위. 1제샤찌나 = 1.092헥타르.

38 루블_ 러시아의 화폐 단위.

39 숌까_ '세묜'을 낮추어 부르는 이름.

40 볼가 강_ 러시아에서 가장 큰 강으로 보통 어머니 강이라고도 불린다. 모스크바 강도 이 강으로 흘러 들어간다.

41 사마라_ 볼가 강 근처의 도시 이름.

42 베르스따_ 미터법 시행 전 러시아의 거리 단위. 1베르스따 = 1.067킬로미터.

43 바쉬끼르_ 구 소련의 바쉬끼르 자치 공화국.

44 까뻬이까_ 러시아의 화폐 단위로 적은 돈을 나타낼 때 쓰인다. 100까뻬이까 = 1루블.

45 꾸므이스_ 마유(馬乳), 마유주(馬乳酒).

46 깃털 방석_ 깃털로 된 방석을 깔아준 것은 호의적인 접대를 하고 있다는 의미이다.

47 가운_ 러시아어로 '할라뜨'라고 불리는 폭이 넓고 긴 두루마기 같은 옷, 실내옷, 작업용의 웃옷, 가운 등을 말한다.

48 쉬한_ 정상이 뾰족한 언덕, 뾰족한 언덕꼭대기.

49 까프딴_ 옷자락이 긴 농민 외투, 지금은 점차 사라져 가고 있다.

50 아르쉰_ 구 러시아의 척도 단위 (1아르쉰 = 71.12센티미터).

불을 놓아두면 끄지 못하게 되리라

그때에 베드로가 나아와 가로되 주여 형제가 내게 죄를 범하면 몇 번이나 용서하여 주리이까 일곱 번까지 하오리이까 (마태복음 18장 21절)

예수께서 가라사대 네게 이르노니 일곱 번뿐 아니라 일흔 번씩 일곱 번이라도 할지니라 (마태복음 18장 22절)

이러므로 천국은 그 종들과 회계하려 하던 어떤 임금과 같으니 (마태복음 18장 23절)

회계할 때에 일만 달란트 빚진 자 하나를 데려오매 (마태복음 18장 24절)

갚을 것이 없는지라 주인이 명하여 그 몸과 처와 자식들과 모든 소유를 다 팔아 갚게 하라 한대 (마태복음 18장 25절)

그 종이 엎드리어 절하며 가로되 내게 참으소서 다 갚으리이다 하거늘 (마태복음 18장 26절)

그 종의 주인이 불쌍히 여겨 놓아 보내며 그 빚을 탕감하여 주었더니 (마태복음 18장 27절)

그 종이 나가서 제게 백 데나리온 빚진 동관 하나를 만나 붙들어 목을 잡고 가로되 빚을 갚으라 하매 (마태복음 18장 28절)

그 동관이 엎드리어 간구하여 가로되 나를 참아 주소서 갚으리이다 하되 (마태복음 18장 29절)

허락하지 아니하고 이에 가서 저가 빚을 갚도록 옥에 가두거늘 (마태복음 18장 30절)

그 동관들이 그것을 보고 심히 민망하여 주인에게 가서 그 일을 다 고하니 (마태복음 18장 31절)

이에 주인이 저를 불러다가 말하되 악한 종아 네가 빌기에 내가 네 빚을 전부 탕감하여 주었거늘 (마태복음 18장 32절)

내가 너를 불쌍히 여김과 같이 너도 네 동관을 불쌍히 여김이 마땅치 아니하냐 하고 (마태복음 18장 33절)

주인이 노하여 그 빚을 다 갚도록 저를 옥졸들에게 붙이니라 (마태복음 18장 34절)

너희가 각각 중심으로 형제를 용서하지 아니하면 내 천부께서도 너희에게 이와 같이 하시리라 (마태복음 18장 35절)

어떤 마을에 이반 쉐르바꼬프라는 농부가 살고 있었다. 그는 마을의 제일가는 일꾼으로 생활도 풍요로웠고, 힘도 넘쳤다. 그의 세 아들 또한 다 성장하였다. 첫째 아들은 벌써 결혼을 했고, 둘째 아들은 장가갈 나이가 된 청년이었으며, 셋째 아들은 아직 소년[51]인데도 말을 타고 다녔고, 전답을 갈기 시작했다. 이반의 아내 역시 알뜰하게 살림을 꾸려나갔고, 얌전하고 일 잘하는 여자[52]를 며느리로 맞아들였다. 이반은 가족들과 함께 오래도록 살았으면 하는 바람뿐이었다. 이반의 가족 중 밭에 나가 일하지 못하는 사람이라곤 오직 늙고 병든 아버지뿐이었다. 이반의 아버지는 천식으로 벌써 7년째나 벽난로[53] 위에 누워서 지냈다. 이반은 무엇 하나 부족한 것이 없을 정도로 풍족했다. 그에게는 망아지 한 마리와 말 세 필, 송아지 한 마리와 어미 소 한 마리, 그리고 양이 열다섯 마리나 있었다. 여자들은 남자들의 신발도 만들고 바느질도 하고 밭에서 일도 했다. 남자들은 열심히 농사를 지었다. 그래서 그들은 새해에도 먹을 만큼 많은 곡식을 거둬들이게 되었다. 귀리로 세금도 냈고, 다른 필요한 물건들도 살 수 있었다. 이렇게 이반은 아이들과 함께 오래도록 살았으면 하고 바랄 뿐이었다. 이반과 이웃하여 고르제이 이바노프의 아들인 가브릴로 흐로모이가 살았다. 그런데 이반과 그 사이에 불화가 생겼다.

예전 고르제이 노인이 살아 있고, 이반의 아버지가 살림을 맡아서 했을 무렵 두 집의 남자들은 친하게 지냈다. 여자들에게 체나 나무통[54]이 필요하거나 남자들에게 곡식을 넣을 부대가 필요하거나 하면 서로 빌려 주었고, 또 수레바퀴를 갈아야 할 때가 되면 이 농가에서 저 농가로 연장도 보내주었다. 그들은 이웃답게 서로 도와주면서 살았다. 간혹 송아지가 탈곡장에 뛰어들거나 하면 송아지를 몰아내며 이렇게 말할 뿐이었다.

"송아지를 풀어놓지 말게. 우린 아직 짚단 더미를 치우지 않았거든."

탈곡장이나 헛간에 송아지를 가둔 채로 자물쇠를 잠그는 일도, 서로 서로 다투는 일도 전혀 없었다.

노인들의 시절에 두 이웃은 그렇게 오손도손 살았는데, 젊은이들이 살림을 맡아 하게 되면서 사정은 달라졌다.

모든 것은 아주 하찮은 데서 시작되었다.

이반의 며느리가 기르던 닭이 일찍 알을 낳기 시작했다. 이반의 며느리는 부활절[55] 때에 쓰려고 그 달걀[56]을 모으고 있었다. 그녀는 닭이 알을 낳았나 보기 위해 곳간 안에 있는 수레 속 상자에 매일 같이 가 보았다. 하루는 아이들이 닭을 놀라게 한 모양이었던지, 닭이 울타리를 넘어 이웃집으로 날아가서 그 집 마당에 알을 낳았다. 이반의 며느리는 암탉이 꼬꼬댁거리는 소리를 듣고 이렇게 생각했다.

'지금은 틈이 없지. 축일도 다가왔는데 우선 집안을 치워야 하니. 달걀은 좀 있다가 한가해지면 가서 가져와야겠다.'

저녁때에 이반의 며느리는 곳간 안의 수레 속 상자에 가 보았다. 그러나 달걀은 없었다. 이반의 며느리는 시어머니와 시동생에게 달걀을 꺼내지 않았느냐고 물어보았으나 그들은 꺼내지 않았다고 대답했다. 그런데 막내 시동생인 따라스까가 이렇게 말했다.

"형수님의 암탉은 이웃집 마당에서 알을 낳았어요. 그리고 거기서 꼬꼬댁거리다가 이쪽으로 날아왔어요."

과연 이반의 며느리가 보니 자기의 암탉은 수탉과 나란히 홰에 올라앉아 벌써 눈을 감고 자려 하고 있었다. 답답한 심정에 이반의 며느리는 암탉에게 너 어디서 알을 낳았느냐고 물어보았으나 암탉이 대답할 리가 없었다. 이반의 며느리는 옆집으로 갔다. 이웃집 할머니가 그녀를 맞으러 나왔다.

"그래, 무슨 일로 왔니?"

"저어, 할머니, 다름이 아니라, 제 암탉이 조금 전에 할머니 집으로 왔었는데, 여기 어딘가에 알을 낳지 않았나요?"

이반의 며느리는 이렇게 말했다.

"원, 그런 건 통 보지 못했구나. 하나님께서 우리 닭도 오래전부터 알을 낳도록 해주셔서 우리 것을 모으는데 왜 남의 달걀 같은 게 필요하겠니. 우리는 남의 집 마당에까지 달걀을 모으러 다니지는 않는단다."

이반의 며느리는 화가 나서 언짢은 소리를 내뱉었다. 그러자 이웃집 할머니도 함께 맞서서 두 여인은 서로 욕지거리를 했다. 물통을 메고 돌아오던 이반의 아내도 한몫 끼어들었다. 가브릴로의 아내도 뛰어나와 이웃을 비난하는 일에 끼여서 그동안 있었던 일들을 들추어내며 없었던 일까지도 꾸며대기 시작했다. 그들은 쓸데없는 소리들을 쉴 새 없이 빠르게 지껄여 댔다. 갑자기 모두 소리를 지르며 한번에 두 마디씩이나 내뱉는 지경이었다. 게다가 모든 말들은 형편없고 어리석은 말들뿐이었다.

'무슨 이런 사람이 있담.'

'너는 도둑이야.'

'너는 못쓸 계집이야.'

'너는 몹쓸 병으로 시아비를 죽이려 하지.'

'너 깝죽거릴래.'

이런 말들만을 했다.

"그런데, 이 거지야, 내 체를 가져다가 구멍을 냈지! 그리고 물 긷는 그 멜대[57]도 우리 것이지! 어서 빨리 내놓지 못해!"

그렇게 말하고선 멜대를 와락 끌어 잡아당겼으므로 물은 엎질러지고, 멜대 수건은 찢어졌고, 싸움이 시작되었다. 거기에 들판에서 돌아오던 가브릴로가 달려들어 자기 마누라의 편을 들자 이반도 아들과 함께 뛰어와서 치거니 받거니 큰 난장판이 벌어졌다. 이반은 건장한 사나이였으므로 모두를 흩어지게 했으며, 가브릴로의 턱수염을 한줌이나 뽑아 버렸다. 동네 사람들이 여럿 몰려와 겨우 떼어놓을 수 있었다.

바로 이것이 불화의 발단이었다.

가브릴로는 청원서를 써서 거기에 뜯긴 턱수염을 싸가지고 재판받기 위해 읍내로 가지고 갔다.

"나는 주근깨투성이의 이반[58] 놈에게 쥐어뜯기기 위해서 턱수염을 기르지는 않았소."하고 가브릴로는 말했다.

그러자 그의 아내는 그들이 곧 재판에 이겨 이반을 시베리아로 유형 보낼 것이라고 이웃 사람들에게 자랑을 해댔다. 이렇게 하여 불화가 시작되었다.

이반의 늙은 아버지는 벽난로에서 첫날부터 젊은 아들 내외를 타일렀으나 그들은 노인의 말을 듣지 않았다.

노인은 그들에게 이렇게 말했다.

"이봐라, 너희들은 사소한 일을 하고 공연한 일로 소송을 제기하고 있구나. 잘 생각해 보아라. 이 모든 일이 단지 달걀 한 개 때문에 생긴 일이 아니더냐. 아이들이 달걀 하나를 주워 먹었다면 그것도 하나님의 뜻이 아니겠느냐. 달걀 하나에 무슨 욕심을 그리도 내느냐. 하나님 보시기에는 모든 사람이 다 똑같지 않겠느냐. 누가 먹었다고 한들 어떠하냐. 자, 저쪽에서 욕을 하거든 그것을 고쳐주어 어떻게 하면 더 좋은 말을 할 수 있는지를 가르쳐 주려무나. 그래, 욕을 하며 싸우긴 했으나, 우리가 다 죄 많은 사람들이니 그럴 수도 있느니라. 자, 어서 가서 용서를 빌어라. 그러면 모든 것이 해결될 것이다. 그렇게 악한 마음을 품고 있으면 갈수록 너희들에게 좋지 않게 될 것이다."

아들 내외는 노인이 하는 말을 듣지 않고 노인네가 괜한 참견에, 잔소리만 늘어놓고 있다고 생각했다.

이반은 이웃에게 굴복하지 않았다.

"나는 그 자의 턱수염을 뽑은 일은 없어, 절대로. 놈이 제 손으로 뜯어 놓고선. 오히려 그 자의 아들이 내 머리카락을 마구 쥐어뜯고, 내가 입고 있는 루바쉬까[59]도 찢어 버렸잖아. 봐, 여기 이렇게."하고 이반이 말했다.

그리고 나서 이반도 고소하러 갔다. 그들은 중재재판소[60]에도, 읍재판소[61]에도 고소했다. 재판하는 동안에 가브릴로네 집에서는 수레의 축이 없어졌다. 가브릴로네 여자들은 이 수레축 일을 이반에게 무조건 뒤집어씌웠다.

"우리는 그 자가 한밤중에 창문 앞을 지나서 수레 있는 데로 다가가는 것을 보았어요. 옆집 할머니가 그러는데 그 자가 주막에 들러서 주막 주인에게 수레축을 사달라고 간청했다지 뭐예요."하고 여자들이 말했다.

다시 재판이 시작되었다. 집에서는 날마다 욕설 아니면 싸움이 계속되었다. 아이들까지 어른들이 하는 짓을 본떠서 서로 욕을 하였고, 여자들은 개울에서 만나면 빨래 방망이로 빨래를 치는 것보다 더욱 열심히 독을 품은 혀를 놀리는 것이었다.

처음에는 서로서로 비방만 했으나 그다음에는 아무렇게나 놓여 있는 물건들을 정말로 훔치기에 이르렀다. 그들은 이 일을 여자들과 아이들에게 시키기도 하였던 것이다. 두 집의 살림은 형편없이 나빠져 갔다. 이반 쉐르바꼬프와 가브릴로 흐로모이는 마을회의에서도, 읍재판소에서도, 중재재판소에서도 재판을 받았다. 그래서 모든 재판관들도 이젠 이 일에 싫증을 냈다. 가브릴로가 이반에게 벌금을 물리든지 유치장살이를 시키든지 하면 다음에는 이반이 가브릴로를 그렇게 만드는 것이었다. 그들이 서로 서로에게 손해를 주면 줄수록 그들은 더욱더 사나워져 갔다. 개들이 서로 맞붙어 싸울 때는, 싸우면 싸울수록 더욱더 사나워져서 한쪽 개를 뒤에서 건드리기만 해도 그 개는 상대방 개가 물었다 생각하고 더욱 달려드는 법이다. 이 두 농부도 그와 마찬가지였다. 재판을 받으러 가서 이 사람이든 저 사람이든 한쪽이 벌금이나 구류 처분을 받으면 그 때문에 그들의 마음은 복수심에 불타오르는 것이었다.

'어디 두고 보자. 내가 이번에는 모든 것을 뒤집어 놓을 테니까.'하고 서로 벼르는 형편이었다.

이리하여 소송은 육 년이나 계속되었다. 오직 노인만이 벽난로에서 언제나 같은 말을 되풀이하고 있었다.

노인은 이렇게 훈계를 시작하곤 했다.

"얘들아, 너희들 도대체 무슨 짓을 하고 있느냐? 그런 싸움 같은 건 당장 그만두지 못하겠느냐. 할 일을 팽개쳐 두지 마라. 사람들에게 화만 내지 않는다면 만사는 다 더 잘 풀릴 것이다. 화를 내면 낼수록 일은 점점 더 악화될 뿐이다."

그러나 아무도 노인의 말을 들으려 하지 않았다.

두 집안의 싸움이 시작된 지 칠 년째 되는 해에 이런 일이 일어났다.

어떤 혼인 잔치 자리에서 이반의 며느리가 사람들 앞에서 가브릴로를 모욕하였다. 가브릴로가 이반네 말들과 함께 있는 것이 발각되었다고 떠들기 시작했다. 가브릴로는 술에 취해 있었기 때문에 자제하지 못하고 이반의 며느리를 때려서 쓰러지게 하였다. 그래서 이반의 며느리는 일주일이나 앓아눕게 되었는데, 엎친데 덮친 격으로 그녀는 임신 중이었던 것이다. 이반은 신이 나서 당장에 청원서를 써 가지고 예심판사에게 달려갔다.

'그 자는 감옥행이나 시베리아행을 피하지 못할 테니까, 이번에는 이웃이란 관계를 완전히 끊어 버리게 되겠군.'하고 이반은 생각하였다.

그런데 이번에도 이반의 일은 잘 풀리지 않았다. 심사원[62]이 청원서를 받아들이지 않았던 것이다. 그 이유는 이반의 며느리를 조사해 본 결과, 그녀가 자리에서도 일어났고 상처도 없었기 때문이었다. 이반은 중재재판소로 갔다가 읍재판소로 갔다. 이반은 가브릴로의 등에 시퍼런 자국이 새겨지는 선고가 내려지도록 하기 위해 읍내에서 재판소장과 서기에게 달콤한 술을 반 통이나 대접했다. 재판소에서는 다음과 같은 판결문을 가브릴로에게 읽어 주었다.

> 당 재판소는 다음과 같이 결정하였다. 농부 가브릴로 흐로모이에게 읍 조항에 따라 태형 20대를 선고한다.

서기가 이 판결문을 읽었다. 이반은 그 판결문을 들으면서 가브릴로가 있는 쪽을 흘끗 바라보았다. 그는 지금 어떻게 되어 있을까? 판결문을 끝까지 듣고 난 가브릴로는 얼굴이 흰 수건처럼 창백해지더니 홱 돌아서서 현관으로 나가 버렸다. 이반도 그 뒤를 따라 밖으로 나가서 말을 매어 놓은 곳으로 가려고 하는데 가브릴로가 이야기하는 소리가 들렸다.

"좋아, 내 등에 자국을 새기겠다고. 내 등에 불이 나면 네놈의 등은 더 따끔한 불이 나게 될 거다."

이반은 이 말을 듣고 재판관에게 돌아갔다.

"공평하신 재판관님! 녀석은 내 집에 불을 지른다고 을러댑니다. 들어 보십시오. 증인들 앞에서 한 말이니까요."

재판관은 가브릴로를 불러내었다.

"정말인가, 자네가 했다는 말이?"하고 재판관이 물었다.

"저는 아무 말도 하지 않았습니다. 재판관님이 권리가 있으시거든 어서 저를 때리십시오. 아마도, 내 진실은 나 혼자서만 애써 지켜야 할 것 같군요. 그에겐 모든 게 가능하군요."

가브릴로는 더 말을 계속하려고 했으나 입술과 빰이 떨려 할 수가 없었다. 그래서 그는 벽으로 돌아서 버렸다. 재판관들도 그의 그러한 모양을 보고는 흠칫 놀랐다. 그들은 아무래도 그가 이웃과 그 자신에 대하여 어떤 나쁜 짓도 실제로 하지 않은 것 같다고 생각했다.

그래서 나이 많은 판사가 말했다.

"어떤가, 자네들. 이제 서로 좋게 화해하게나. 이봐, 가브릴로, 자네도 그렇지, 임신한 부인을 치다니, 그게 잘한 일인가? 하나님 덕분에 무사했으니 다행이지, 어떤 큰 죄를 저질렀을지 모르지 않는가. 자네가 정말로 잘한 일은 아니지 않은가? 자네는 용서를 구하고 그에게 절하게. 그러면 이반도 용서해 줄 것이네. 나도 이 판결문을 다시 쓸 테니까."

그것을 듣고 있던 서기가 말했다.

"그것은 안 됩니다. 형법 제117조에 의거하여 평화적인 화해가 성립되지 않고 재판소의 판결이 내려졌으니 그 판결은 강행되어야 합니다."

그러나 재판관은 서기의 말은 듣지도 않았다.

"쓸데없는 말이다. 이봐, 제1조는 바로, 하나님을 기억해야 한다는 것이 아닌가. 그런데 하나님께서는 언제나 화목하라고 명령하셨지 않는가."

그리고 재판관은 다시 두 사람을 설득했으나 그들은 막무가내였다. 가브릴로는 아예 재판관의 말은 들으려고도 하지 않았다.

"저는 일 년 뒤엔 쉰이 됩니다. 저에겐 장가든 아들도 있습니다. 저는 태어나서 지금까지 아직 한 번도 남에게 매 맞은 일이 없는데, 이번에 이 주근깨 투성이 이반 놈이 나를 채찍 아래 밀어 넣으려고 합니다. 그런데도 제가 저놈에게 절해야 합니까! 그만 됐습니다…. 이반이 놈, 너 이 녀석, 어디 두고 보자!"

가브릴로의 목소리가 다시 떨리기 시작했다. 그는 더 이상 말을 할 수가 없었다. 그는 돌아서더니 그대로 나가 버렸다.

읍내에서 이반의 농가까지는 10베르스따[63] 가량이나 되어서 이반은 늦게서야 집에 돌아왔다. 여자들은 가축들을 몰아오기 위해 벌써 나가고 없었다. 이반은 말을 마차에서 풀고 뒷정리를 한 다음 집안으로 들어갔다. 집안에는 아무도 없었다. 아들들은 아직 밭에서 돌아오지 않았고, 아낙네들은 가축들을 몰고 오는 중이었다.

이반은 안으로 들어가서 의자[64]에 앉아 생각에 잠겼다. 그는 가브릴로에게 판결이 내려졌던 일과 가브릴로가 창백해져서 벽으로 얼굴을 돌렸던 모습을 상기했다. 이반은 가슴이 섬뜩한 느낌이 들었다. 만약에 자기가 태형 선고를 받으면 어떨까 하고 그는 입장을 바꿔서 생각해 보았다. 그러자 가브릴로가 측은해졌다.

바로 그때 벽난로 위에서 늙은 아버지의 기침하는 소리가 들렸다. 노인은 몸을 돌려 다리를 내려놓고서 벽난로로부터 간신히 내려와 발을 질질 끌고 의자로 와서 앉았다. 노인은 의자에까지 기어오는데도 몹시 지쳐서 기침을 하고 또 했다. 헛기침을 하고 나서 노인은 탁자에 턱을 괴고 입을 열었다.

"어떻게 됐느냐? 판결이 났겠지?"

"태형 20대를 선고했습니다."하고 이반이 말했다.

노인은 한참동안 머리를 저었다.

"이반, 너는 좋지 못한 짓을 하고 있구나. 아, 좋지 않고말고! 가브릴로에게가 아니라 너 자신에게 나쁜 짓을 하고 있어. 그래, 그의 등을 채찍으로 때리면 네가 편안하게 되는 일이라도 뭐 있더냐?"

"앞으로는 그러지 않겠죠."하고 이반이 대답했다.

"뭘 하지 않는다고? 도대체 그 사람이 네게 뭘 더 나쁘게 하겠느냐?"

"아니, 그 녀석이 나한테 뭘 하다니요? 그 녀석이 우리 며늘아기를 하마터면 죽일 뻔한 데다가 이번에는 또 불을 지르겠다고 을러대는 형편이라니까요. 그런데 무엇 때문에 그 녀석하고 화해를 해야 하나요?"하고 이반은 말하기 시작했다.

노인은 한숨을 지으며 말했다.

"이반, 너는 걷든지 타든지 네 마음대로 이 세상을 활보하지만 나는 벌써 몇 년째나 벽난로 위에 누워 있었으니까 너만 모든 일을 보아서 알고 있고 나는 아무것도 모른다고 생각하겠지. 하지만 이반, 그건 그렇지 않다. 네 눈엔 아무것도 보이질 않는 게야. 앙심을 품은 마음이 네 눈을 흐려지게 했다. 남의 잘못은 눈앞에 있고 자기의 잘못은 등 뒤에 있다. 네가 지금 뭐라고 했지. 그가 나쁜 짓을 한다고! 그 사람 혼자만 나쁜 짓을 했다면 이런 불행이 없었을 거다. 두 사람 사이의 불행이 한 사람에게서만 나오는 줄 아느냐? 불행은 반드시 두 사람 사이에서 생기는 거다. 상대방의 잘못은 잘 보여도 자기의 잘못은 눈에 들어오지 않는단다. 만약 그 사람만 심술궂은 사람이고 네가 착한 사람이었다면 불행은 일어나지 않았을 거다. 그 사람의 턱수염을 뽑은 건 누구냐? 지주에게 갖다 줄 수확더미를 절반이나 파헤쳐서 못쓰게 만든 건 또 누구고, 그 사람을 재판소마다 끌고 다니면서 붙잡고 있던 사람은 또 누구냐? 그런데도 너는 모든 걸 그 사람 탓만 하고 있다. 너 자신이 잘못 살았기 때문에 사태가 악화된 것이다. 얘야, 나는 그렇게 살지 않았다. 너희들에게도 그렇게 가르치지 않았고. 그 사람 아버지와 내가 그렇게 살았더냐? 우리가 어떻게 살았는지 아느냐? 진짜 이웃답게 살았느니라. 그 집에 밀가루 떨어지면 그 집 아낙네가 우리 집으로 왔단다.

'프롤 아저씨, 밀가루가 필요해요.'

그럼 나는 이렇게 말하였지.

'곳간에 가서 필요한 만큼 채워 가요.'

그리고 그 집에 말을 몰고 갈 사람이 없으면 이렇게 말하지 않았었느냐.

'야, 이반, 그 집 말을 좀 몰아라.'

그리고 우리가 부족한 것이 있으면 그에게 가서 말만 하면 되었지.

'고르제이 아저씨, 이런저런 것이 필요해요.'

그러면 그 집에서는 이렇게 대답을 하였지.

'가져가세요, 프롤 아저씨!'

우리는 이렇게 지내왔다. 그래서 너희들이 살기가 편하지 않았니. 그런데 요즘은 형편이 어떠냐? 바로 얼마 전까지만 해도 군인들이 고전한 쁠레브나[65] 전쟁터에 대한 이야기를 하곤 했었지. 어떠냐. 지금 너희가 치르는 전쟁은 그 쁠레브나 싸움터보다 훨씬 더 나쁘다고 생각지 않느냐. 도대체 이것도 생활이라고 할 수 있겠느냐? 아니, 이건 죄악이다. 너는 남자고 한 집안의 가장이니까 네가 책임지지 않으면 안 된다. 너는 아내와 자식들에게 무얼 가르치고 있느냐? 서로들 욕을 퍼붓고 있다. 며칠 전에도 따라스까, 그 코흘리개 녀석이 아리나 아줌마에게 제 어미가 하듯이 욕설을 퍼붓고 있는데도 어미는 이것을 보며 웃고 있지 않겠니. 도대체 이래도 괜찮다고 생각하느냐? 네 책임이다! 영혼이란 것을 생각해야 하느니라. 그래, 그런 짓을 해도 좋겠니? 상대방이 나에게 한 마디를 하면 나는 두 마디를 하고, 상대방이 나를 한 대 때리면 나는 두 대를 때린다. 그래선 안 된다. 얘야, 그리스도가 이 땅을 두루 다니시면서 바보 같은 우리들에게 가르쳐 주신 것은 그런 것이 아니다. 상대방이 뭐라 해도 잠자코 있으면 저쪽도 양심의 가책을 받는다고 바로 그리스도께서 우리에게 가르쳐 주시지 않았니. 상대방이 이쪽 뺨을 때리면 다른 쪽 뺨도 마저 내밀어야 하느니라. 때릴 만한 이유가 있으면, 자, 때리시오 해야 한다. 상대방의 양심이 그 자신을 나무랄 것이다. 그는 자신을 누그러뜨리게 될 것이고 네 말을 들을 것이다. 바로 그렇게 그리스도께서 우리에게 명령하셨다. 무례하게 행동해서는 안 되느니라. 왜 잠자코 있느냐? 내 말이 틀렸느냐?"

이반은 조용히 듣고만 있었다.

노인은 한참을 콜록거리다가 간신히 기침을 멈추고 다시 말을 이었다.

"너는 그리스도가 우리에게 나쁜 일을 가르치셨다고 생각하느냐? 아니다. 모든 것을 우리를 위해 그리고 우리가 선한 일을 하도록 가르치셨다. 지금 현실적으로 네 생활을 좀 돌아보아라. 너희들의 지독한 싸움이 시작된 이래로 집안 형편이 좋아졌느냐 나빠졌느냐? 소송비용으로 돈을 얼마나 낭비했는지, 마차 삯, 음식값은 또 어떠냐? 아들들이 자라 일을 하게 되었으니 오히려 형편이 차차 나아져 재산도 불어나야 할 터인데 오히려 줄어들지 않았느냐. 원인이 뭐라고 생각하느냐? 모든 것이 바로 그, 네 거만함 때문이다. 너는 자식들을 데리고서 밭을 일구고 씨를 뿌려야 했는데, 너의 원수가 너를 재판소의 어떤 하찮은 관리에게 끌고 갔다. 밭을 가는 것도 씨를 뿌리는 것도 때를 맞추지 못하면 땅에서 아무것도 수확할 수 없느니라. 왜 올해는 귀리가 흉작이 되었지? 도대체 귀리를 언제 갈았느냐? 도시에 다녀온 다음이 아니었느냐. 그래, 재판에 이겨서 무슨 덕을 보았느냐? 너 자신에게 부담만 주었지 않느냐. 얘야, 자기의 생업을 잊어서는 안 된다. 아이들과 함께 밭일도 하고 집안도 돌보아라. 혹시 누가 너를 화나게 해도 하나님의 말씀대로 그 사람을 용서해 주어라. 그렇게 하면 네 일이 모두 다 순조롭게 풀릴 것이고 너의 마음도 항상 편안할 것이다."

이반은 잠자코 있었다.

"자, 어떠냐, 이반[66]! 이 늙은 아비의 말을 들어주지 않겠느냐. 지금 가서 말을 마차에 매고 네가 방금 왔던 그 길에 난 자국을 따라 관청으로 가서 소송을 취하하여라. 그리고 내일 아침에는 가브릴로에게 가서 하나님의 가르치심대로 서로 화해하고 우리 집으로 데리고 오너라. 내일은 마침 축일(성모 탄생일[67])이니까 차도 준비하고 보뜨까[68]라도 한 병[69] 마련해 놓고서 모든 나쁜 감정을 씻어 버리고 앞으로는 그런 일이 없도록 하자구나. 이제 앞으로는 절대로 이런 일이 없도록 여자들에게나 아이들에게도 잘 타일러 주어라."

이반도 한숨을 내쉬며 생각하였다.

'과연 아버님이 하시는 말씀이 옳다.'

그러자 그의 분노가 가라앉았다. 단지 어떻게 이 일을 해야 할지, 어떻게 화해해야 좋을지 몰랐다.

그러자 노인은 다시 말하기 시작했다. 노인은 정확하게 짐작하고 있었다.

"이반, 어서 가거라, 미루지 말아라, 불은 시초에 잡아라. 불타기 시작하면 잡을 수가 없게 되느니라."

노인은 아직도 할 말이 남은 모양이었으나 끝까지 다 할 수가 없었다. 아낙네들이 집안으로 들어와서 참새떼처럼 떠들어댔다. 모든 소식이 그들한테까지 전해졌던 것이다. 그녀들은 가브릴로에게 태형 판결이 내려졌다는 것도, 가브릴로가 불을 지르겠다고 한 것도 모두 알고 있었다. 그뿐 아니라 그녀들은 저 혼자 생각해 낸 일까지 더해서 벌써 들에서 가브릴로네 여자들과 서로 욕설을 퍼붓고 오는 길이었다. 그들은 가브릴로의 아내가, 예심판사에게 뭔가를 쳐들며 협박까지 했다는 것도 이야기하기 시작했다. 분명치는 않으나 예심판사가 가브릴로의 편을 들고 있으므로 머지않아 사태가 뒤바뀐다는 이야기도, 학교 선생님까지도 직접 황제 폐하에게 이반의 일로 청원서를 냈는데, 그 청원서에는 모든 일이 기록되어 있다는 이야기도 하였다. 즉 수레축에 관한 일도, 채소밭 일도 기록되어 있어서 이반의 토지 절반이 얼마 안 있어 옆집으로 넘어간다는 것이었다. 이반은 이런 이야기를 듣고 마음이 다시 돌같이 굳어져 가브릴로와 화해하려던 생각을 바꿔 버렸다.

농가의 가장에게는 언제나 할 일이 많은 법이다. 이반은 여자들을 상대로 이야기할 생각이 없어서 훌쩍 일어나 밖으로 나가 탈곡장을 지나 곳간 쪽으로 갔다. 그쪽을 대강 치우고 뒷마당으로 돌아오니 벌써 날이 저물었다. 이반의 아들들이 밭일을 마치고 돌아오고 있었다. 두 아들은 봄갈이 곡물을 심기 위해 겨울에 밭을 갈았던 것이다. 이반은 그들에게 밭일이 어찌 되었는지 상세히 물어보고, 연장을 치우는 것을 도와주고, 부서진 멍에는 고치려고 옆에 놓아두었다. 그리고 작은 통나무들을 곳간 근처로 치우려고 했지만 이미 날이 어두워져 있었다. 그래서 통나무는 다음 날 아침까지 놓아두기로 하고, 가축에게 여물을 던져 주었다. 말들에게 밤에 풀을 뜯기러 나가는 따라스까에게 대문을 열어 주어 나가도록 한 다음 문을 다시 닫고 밑에 판대기를 대어 틈을 막았다.

'이제 저녁을 먹고 자야겠군.'

이반은 이렇게 생각하고 망가진 멍에를 집어 들고 집 쪽을 향해 걸음을 옮겼다. 그러는 동안 그는 가브릴로의 일도, 아버지의 말씀도

다 잊고 있었다. 그런데 문고리를 잡아당겨 현관으로 들어선 순간 울타리 저쪽에서 옆집 주인 가브릴로가 쉰 목소리로 욕하는 것이 들려왔다.

"빌어먹을 녀석! 그런 녀석은 때려죽여도 돼!"하고 가브릴로는 누군가를 향해 소리쳤다.

이것을 들은 이반의 마음속에는 또다시 이웃에 대한 적의가 전보다 더 크게 일어났다. 가브릴로가 욕지거리를 하는 동안 내내 이반은 가만히 서서 듣고 있었다. 가브릴로가 잠잠해지자 이반은 집 쪽으로 갔다. 집안으로 들어서니, 집안에는 불이 켜져 있었다. 이반의 며느리는 한쪽 구석에서 물레를 돌려 실을 잣고, 아내는 저녁 준비를 하고, 장남은 짚신에 끈을 매고, 둘째 아들은 탁자에 앉아 책을 읽고 있었으며, 따라스까는 밤일 나갈 채비를 하고 있었다.

그 못된 이웃만 아니라면 더할 나위 없이 평화롭고 즐거운 가정이었다.

화가 난 이반은 의자에 도사리고 앉은 고양이를 집어던지고 대야를 제자리에 놓아두지 않았다고 여자들을 꾸짖었다. 그러고 나자 이반은 울적해졌다. 얼굴을 찌푸리고 자리에 앉아서 망가진 멍에를 손보기 시작했으나 가브릴로가 하던 말이 아무래도 머리에서 떠나질 않았다. 재판소에서 위협하던 소리, 그리고 방금 누군가를 욕하는지 '때려죽여도 돼!'하던 쉰 목소리가 떠올랐다.

늙은 아내는 따라스까에게 저녁밥을 차려 주고 있었다. 따라스까는 식사를 마치자 짧은 속외투 위에 까프딴[70]을 걸치고 허리띠를 질끈 동여맨 다음 빵을 가지고 말들이 기다리고 있는 한길로 나갔다. 큰아들이 아우를 배웅하려고 했으나 이반은 자기가 일어나 바깥 현관[71]으로 나갔다. 마당은 벌써 완전히 어두워져서 캄캄하였고 바람만 일고 있었다. 이반은 바깥 현관 계단으로 내려가 아들을 말에 태우고 아들

뒤를 따르도록 망아지를 몰아세운 다음 잠시 서서 주위를 바라보며 귀를 기울이고 있었다. 이반은 따라스까가 마을을 따라 아래로 내려가는 소리, 다른 젊은이들과 만나는 소리, 그들이 모두 함께 들로 떠나가는 소리를 듣고 있었다. 이반은 이렇게 문간에서 한참 동안 서 있었다.

'네놈의 등은 더 따끔한 불이 나게 될 거다.'하고 가브릴로가 한 말이 머리 속에서 떠나지 않았다.

'고약한 놈이라서 몸을 사리지도 않을 거야.'하고 이반은 생각했다.

'쭉 가물었겠다. 바람도 불겠다, 울타리 뒤로 슬쩍 기어들어 와서 불을 지르고 그냥 도망쳐 버리면, 그렇게 되면 남의 집을 불사르고도 아무 덜미도 잡히지 않을 게 아닌가. 어떻게 해서라도 놈을 꼭 붙잡아야지. 이미 불 지르러 가 버린 건 아닐까!'

이런 생각이 떠오르자 이반은 집안 쪽으로 되돌아가지 않고 곧장 길 쪽으로 나가 보고 대문 뒤도 살펴보고 모퉁이도 둘러보았다.

'놈이 무슨 짓을 할지 모르지.'하고 생각한 이반은 이번에는 마당[72]을 한 바퀴 돌아보기로 작정하고 대문을 따라 살금살금 걷기 시작했다.

모퉁이를 돌아 울타리에 붙어서 안을 들여다보니 저쪽 모퉁이에서 무엇이 움직이는 것 같이 느껴졌다. 마치 누군가가 엿보다가 울타리 모퉁이에 도로 숨어 버린 것 같았다. 이반은 발길을 멈추고 숨을 죽였다. 온 정신을 모았으나 주위는 쥐 죽은 듯이 고요하기만 했다. 다만 바람이 불어와, 버드나무 가지가 바람에 흔들렸고, 밀짚의 부스럭거리는 소리가 들릴 뿐, 코를 베어 가도 모를 정도로 주위는 온통 캄캄하기만 했다. 차차 눈이 어둠에 익숙해졌다. 이반의 눈에 기둥이랑 처마랑 모퉁이들이 모두 보이게 되었다. 그는 한참 동안 서서 주위를 살펴보았으나 아무도 보이지 않았다.

'내가 잘못 본 모양이군.'하고 이반은 생각했다.

'그래도 어디 한 바퀴 돌아보아야지.'하고 곳간을 따라 살금살금 걷기 시작했다.

이반은 짚신을 신고 있었고, 한 걸음씩 살며시 걸었으므로 자기의 발소리조차 들리지 않을 정도였다. 모퉁이까지 왔을 때 저쪽 끄트머리 기둥 곁에서 무엇인가 번쩍 빛났다고 생각하는 순간 다시 꺼졌다. 이반은 자기도 모르게 가슴이 철렁 내려앉아 걸음을 멈췄다. 간신히 걸음을 멈추었을 때 다시금 같은 자리에서 먼저보다 밝은 빛이 타올랐다. 모자를 쓴 한 사나이가 이쪽으로 등을 꾸부정하게 돌린 채 손에 든 짚단에 불을 붙이고 있는 것이 아닌가. 이반의 가슴은 무섭게 뛰기 시작했다. 이반은 아랫배에 힘을 주고 성큼 걸음을 떼어 놓았으나 발이 땅을 밟는지 허공을 밟는지 모를 정도였다. 그는 속으로 생각했다.

'좋아, 이번에야말로 놓치지 않는다. 현장에서 붙잡고 말테다!'

이반이 두 개의 처마가 마주 닿은 데까지 채 가기도 전, 갑자기 그 언저리가 눈부실 정도로 밝아지면서 처마 밑에서 짚단이 확 타오르는 것이 아닌가. 이미 그 자리에는 조그만 불이 아니라 큰불이 지붕으로 뻗쳐가고 있었다. 거기에 가브릴로가 서 있었고 그의 전신이 완전히 불빛에 드러나 보였다.

매가 종달새를 덮치듯이 이반은 가브릴로 흐로모이[73]에게 달려들었다.

'이놈, 이번엔 도망가지 못하게 꼭 붙잡을 테다.'하고 이반은 생각했다.

그때, 가브릴로도 발소리를 들었던 모양인지 홱 뒤를 돌아보며 어디서 그런 힘이 나왔는지 절뚝거리며 토끼처럼 깡충깡충 뛰어 곳간을 따라 도망치고 있었다.

"게 섰거라!"하고 이반은 외치며 가브릴로를 뒤쫓았다.

이반이 그의 목덜미를 잡으려고 하는 순간에 가브릴로는 그 손아귀에서 빠져나갔다. 이반이 가브릴로의 옷 앞자락을 붙잡았으나 그것이 찢어지는 바람에 이반은 넘어지고 말았다. 이반은 벌떡 일어났다.

"야! 저놈 잡아라!"하고 그는 크게 외치며 다시 뛰기 시작했다.

이반이 일어나는 사이에 가브릴로는 벌써 자기 집 마당으로 들어갔다. 이반은 거기까지 쫓아갔다. 이반이 가브릴로를 와락 붙잡으려고 하는 순간 무언가 갑자기 그의 머리를 세게 내리쳐서 순간 그는 정신을 차릴 수가 없었다. 돌 같은 것이 이반의 정수리를 내려친 것이다. 그러나 그것은 돌이 아니라 마당에 뒹굴던 참나무 막대기였다. 가브릴로가 그것을 주워 들고 이반이 자신에게 달려들었을 때 이반에게 힘껏 내리쳤던 것이다.

이반은 정신이 멍해졌다. 눈에서 불이 번쩍 났다가 이내 깜깜해져 버렸다. 이반은 눈앞이 아찔하였다. 이반이 겨우 정신을 차렸을 때 이미 가브릴로는 없었다. 주위는 대낮같이 환했고, 이반의 집 쪽으로부터는 마치 자동차가 달려오는 듯한 소리도 났고 무엇인가 탁탁 튀는 소리도 났다. 이반이 돌아다보니 뒷마당의 곳간이 온통 불덩이가 되어 그 옆의 곳간으로 옮겨붙는 중이었다. 불도, 연기도, 타고 있는 짚단들도 안채 쪽으로 날아갔다.

"아니, 이게 어떻게 된 일이야! 아이고!"하고 외치며 이반은 양 주먹으로 가슴을 마구 쳤다.

"아아, 그때 처마 밑에서 불이 붙은 짚단을 끌어내어 껐으면 괜찮았을 텐데! 아니, 이게 웬일이냐!"

그는 이 말만 되풀이하였다.

힘껏 소리를 지르려고 했으나 숨이 막혀서 목소리가 나오지 않았다. 달려가려고 했으나 다리가 말을 듣지 않고 꼬일 뿐이었다. 천천히 걸음을 떼어 놓았는데 눈앞이 아찔해지고 다시 숨이 막혔다. 잠시 멈춰 서서 숨을 돌리고 다시 걷기 시작했다. 겨우 곳간을 돌아 불이 난 곳에 닿았을 때는 불이 옮겨붙은 곳간은 이미 온통 불바다가 되었고, 안채와 대문에까지 불이 붙어서 불길이 뿜어 나오는 바람에 마당으로는 들어갈 수도 없는 형편이었다. 사람들이 많이 모여들었으나 손을 쓸 방도가 없었다. 이웃 사람들은 자기네의 가재도구를 끌어내기도 하고 가축들을 농가 밖으로 몰아내기도 하였다. 이반의 집을 다 태운 불은 가브릴로의 농가도 태웠다. 게다가 바람까지 불어왔기 때문에 한길 건너까지 옮겨붙어 마을이 절반이나 다 타버렸다.

이반의 집에서는 노인만을 구해냈을 뿐이었다. 모든 식구들이 입고 있던 채로 뛰어나왔기 때문에 남은 물건들은 몽땅 타고 말았다. 밤에 풀을 뜯으러 나간 말들을 빼놓고는 가축들도 전부 찜이 되었으며, 닭도 홰에 앉은 채 타죽었고, 수레도, 쟁기도, 써레도, 여자들의 옷 궤짝도, 뒤주[74]에 간수한 곡식도 모조리 타버렸다.

가브릴로의 집에서는 그래도 가축들을 몰아냈고 이것저것 더러 꺼낼 수도 있었다.

불은 밤새도록 탔다. 이반은 자기 집 가까이에 서서 바라보면서 혼자 중얼거릴 뿐이었다.

'아, 이게 웬일이란 말인가! 그냥 짚단을 끌어내어 비벼 껐더라면 됐을텐데.'

그러나 안채의 천장이 무너져 내려앉았을 때 이반은 그 불 한가운데로 뛰어들어 온통 그을은 재목을 안아 끌어내려고 했다. 여자들이 그것을 보고 이반을 불러내려고 했으나 그는 재목을 끌어내고 다시 들어가 또 하나를 끌어안으려고 했다. 그러나 그대로 비틀비틀 몸을 가누지 못한 채 불더미 속에 쓰러지고 말았다. 그때 아들이 뛰어 들어가 쓰러진 아버지를 구했다. 이반은 턱수염과 머리카락이 타고 옷까지 타서 여기저기 구멍이 났고 두 손은 화상을 입었으나 실제로 자신은 아무것도 깨닫지 못하는 모양이었다.

'저 사람, 아주 정신 나간 게 아냐!'하고 사람들은 저마다 말했다.

불길은 점점 사그라들었으나 이반은 언제까지나 멀거니 서서 이렇게 되풀이할 뿐이었다.

'여보시오, 이게 웬일이요! 그냥 끌어내기만 했으면 됐을 텐데.'

아침이 되자 이반을 부르러 마을 반장이 아들을 보냈다.

"이반 아저씨, 할아버지가 돌아가시게 됐어요. 아저씨를 좀 보시겠대요. 어서 와 보세요."

이반은 아버지의 일을 까맣게 잊어버리고 있어서 무슨 말인지 알아듣지 못하는 모양이었다.

"아버지라고? 누가 누굴 부른다고?"

"아저씨를 부르고 있어요. 돌아가시기 전에 한 번 보신다구요. 할아버진 우리 집에서 곧 돌아가시려고 해요. 어서 가세요, 이반 아저씨."

반장 아들은 이반의 팔을 끌었다. 이반은 반장 아들의 뒤를 따라갔다.

노인이 업혀 나올 때 불이 붙은 짚이 위에 떨어지는 바람에 화상을 입었다. 그래서 이반의 마을에서 멀리 떨어진 불타지 않은 다른 마을에 있는 반장 집으로 노인을 떠메어 갔던 것이다.

이반이 아버지에게로 갔을 때 집안에는 반장의 늙은 아내와 벽난로 위에 있는 아이들만 있었다. 모두들 불이 난 곳에 가고 없었다. 노인은 촛불을 손에 들고 침대에 누워 곁눈으로 문 쪽을 보고 있었다. 아들이 들어왔을 때 노인은 몸을 조금 움직였다. 할머니가 다가가 아들이 왔다고 말하자 곁으로 가까이 오게 해달라고 부탁했다. 이반이 곁으로 다가가자 노인은 말했다.

"이반! 내가 네게 뭐라고 말하더냐? 누가 이 마을을 태웠느냐?"

"그 놈이에요, 아버지. 그 놈이에요. 내가 이 눈으로 보았거든요. 내가 보는 앞에서 불이 붙은 짚을 지붕 밑에 밀어 넣었어요. 나는 그냥 불붙은 짚단을 끌어내어 비벼 껐으면 됐어요. 그렇게 했더라면 아무 일 없었을 걸 그랬어요."하고 이반은 말했다.

"이반!"하고 노인은 말을 시작했다.

"나는 이제 죽을 때가 되었지만 너 역시 언젠가는 죽는다. 도대체 이건 누구 잘못이냐?"

이반은 꼼짝 않고 아버지를 응시한 채 잠자코 있었다. 그는 어떤 말도 할 수 없었다.

"하나님 앞에서 말해 보아라. 누구의 죄더냐? 내가 네게 뭐라고 하더냐?"

그때 비로소 이반은 잠에서 깨어난 듯한 느낌이 들면서 모든 일에 납득이 갔다. 이반은 코로 숨을 크게 내쉬면서 말했다.

"이건 제 잘못입니다, 아버지!"

이반은 아버지 앞에 무릎을 꿇고 흐느껴 울며 말하였다.

"아버지, 용서해 주십시오. 저는 아버지 앞에서도, 하나님 앞에서도 잘못을 저질렀습니다!"

노인은 양손을 움직였다. 촛불을 왼손에 들고 오른손을 이마로 올려 성호를 그으려고 했으나 거기까지 손이 닿지 않아 멈추었다.

"주님, 당신께 영광을 돌립니다! 주님, 당신께 영광을 돌립니다!"

노인은 이렇게 말하고 다시금 아들을 바라보았다.

"이반! 이반!"

"왜 그러세요? 아버지."

"앞으로 어떻게 할 것이냐?"

이반은 자꾸 울기만 했다.

"모르겠어요, 아버지. 이제 어떻게 살아야 하지요? 아버지."하고 이반이 말하였다.

노인은 눈을 감고 온 힘을 집중하려는 듯이 입술을 오므리고 있다가 이윽고 눈을 뜨더니 말했다.

"잘 살아갈 수 있다. 하나님과 같이 산다면 능히 살아갈 수 있지."

노인은 잠시 입을 다물었다가 빙그레 웃으며 다시 말을 이었다.

"알았느냐, 이반, 누가 불을 질렀는지 말하지 말거라. 남의 죄를 하나 감싸주면 하나님께서는 네 죄를 둘 용서해 주신다."

그리고 노인은 촛불을 양손으로 붙잡고 그것을 가슴 위에 놓고서 후욱 숨을 내쉬었다. 그리고 그대로 세상을 떠났다.

이반은 가브릴로의 소행을 발설하지 않았으므로 어떻게 하여 불이 났는지 끝내 아무도 몰랐다.

이반에게서 가브릴로를 미워하는 마음이 사라져 버렸다. 한편 가브릴로는 이반이 자기의 악행을 누구에게도 말하지 않은 것에 대해서 감탄하였다. 처음에 가브릴로는 이반을 두려워했으나 점차 그런 마음이 없어졌다. 양쪽 집안의 가장들이 싸움을 하지 않게 되었으므로 다른 식구들도 서로 싸우지 않게 되었다. 두 가족은 자신의 집들을 다 지을 때까지 한 지붕 밑에서 살았다. 그리고 온 마을의 집들이 새로 지어졌을 때 이반과 가브릴로는 다시 이웃이 되었고, 한 둥지에 거하게 되었다.

이반과 가브릴로는 아버지 대에서와 마찬가지로 이웃끼리 서로 정답게 지냈다. 이반 쉐르바꼬프는 늙으신 아버지의 교훈이자 하나님의 가르침인 '불은 애초에 끄지 않으면 안 된다'는 사실을 마음속 깊이 새겨 두고 잊지 않았다.

이반은 혹시 누가 자기에게 나쁜 장난을 걸어와도 맞서서 싸우려 하지 않고 오히려 좋은 방향으로 이끌려고 애썼다. 또 혹시 누가 자기를 욕해도 마주 욕하려 하지 않고 그런 나쁜 말을 하지 않게 일깨워 주려고 노력했다. 그는 자기 집 여자들과 아이들에게도 이같이 가르쳤다. 그리하여 이반 쉐르바꼬프는 새로운 사람이 되었고 전보다 더 부유하게 잘살게 되었다.

51 소년_ 러시아에서 소년은 보통 12세에서 16, 17세까지를 말한다. 러시아 농가의 소년, 소녀들은 어렸을 때부터 전답일과 집안일을 배워서 13, 14세가 되면 어른이 계시지 않을 때에 그 역할을 대신하였다.

52 일 잘하는 여자_ 농경이 주업이었던 농촌에서는 일 잘하는 여자가 좋은 며느리감이었다.

53 벽난로_ 러시아어로 뻬치까라 불리는 벽난로는 추운 겨울을 따뜻하게 해주는 것일 뿐 아니라 음식을 만드는 곳이기도 하다. 농가에서 제일 따뜻한 장소인 이 벽난로 위에서 집안의 어른이나 아이들이 잠을 자며 지낸다.

54 나무통_ 빵을 만드는 밀가루 반죽을 할 때 사용되는 통.

55 부활절_ 정교를 믿는 러시아에서 부활절은 가장 큰 축일이라고 할 수 있다. 이것은 그리스도가 정신적으로 태어난 날인 부활절이 육체적으로 태어난 날인 성탄절보다 더 중요하다는 러시아인들의 믿음을 단적으로 보여주기도 한다.

56 달걀_ 러시아에서는 부활절에 달걀을 물들이기도 하고 채색을 하기도 한다. 러시아의 부활절에 달걀이 중요 음식으로 등장하는 것은 달걀이 생명의 시작을 나타내기 때문이다.

57 멜대_ 우물에서 물을 길은 물통을 메어 나르는 멜대를 말한다. 러시아에서 보통 이 일은 여자들이 하였다. '아침에 빈 물통을 메고 가는 여자를 보면 재수가 없다'는 러시아 속담도 있다.

58 이반_ 러시아어 원문에서는 이반의 비칭인 '반까'가 사용되고 있다. 이것은 이반을 낮추어 부르는 이름으로 러시아어에서는 많은 애칭(愛稱)이 있는 반면 비칭(卑稱)도 많다. 이반의 애칭은 '바냐'이다.

59 루바쉬까_ 러시아의 남자들이 입는 약간 긴 러시아식 상의 혹은 셔츠.

60 중재재판소_ 사건을 마을 내에서 미리 중재하고 조정하기 위해 마을에 설치된 재판소를 말한다. 여기에서 해결되지 않은 사건은 읍재판소로 가게 된다.

61 읍재판소_ 마을의 중재재판소에서 해결되지 못한 사건을 가지고 가는 읍에 설치된 좀 더 큰 재판소를 말한다.

62 심사원_ 재판을 하기 위해 사건을 조사하고 심사하는 사람.

63 베르스따_ 미터법 시행 전 러시아의 거리 단위. 1베르스따 = 1.067km.

64 의자(라프까)_ 등받이가 없이 벽에 고정시켜 놓은 긴 의자를 말한다. 러시아의 농가의 필수품이기도 한 이 의자는 러시아 농가의 식탁 의자로 많이 사용되며 전에는 이 의자 위에 어린 아이를 재우기도 하였다.

65 쁠레브나_ 불가리아의 도시 이름으로 불가리아가 터키로부터 독립하기 위해서 전쟁을 치른 장소 중의 하나로 이때 러시아인들이 불가리아를 도왔다.

66 이반_ 러시아어 원문에는 이반의 애칭인 '바냐'가 사용되고 있다.

67 성모 탄생일_ 러시아 정교에서는 성모의 위치가 중요하기 때문에 성모의 탄생일도 큰 축일이 된다.

68 보뜨까_ 러시아의 대표적인 술로 알콜 농도가 보통 40도 정도 되며 우리나라의 소주와 비슷하다. 뒤끝이 깨끗해 아침에 일어났을 때 머리가 아프지 않아서 좋다고 하는 이 보뜨까는 냉동실에 넣어 두었다가 차갑게 마시는 것이 제 맛이 난다. 이 때 얼어버리는 보뜨까는 진품이 아니다.

69 한 병_ 원본에는 반(半) 병(쉬또프, 술의 양을 측정하는 단위 12.30리터, 혹은 그 분량의 보뜨까병, 큰 병 하나를 말함)으로 되어 있음.

70 까프딴_ 옷자락이 긴 농민 외투. 지금은 점차 사라져 가고 있다.

71 바깥 현관_ 러시아의 농가에는 문을 열고 나가면 두 기둥 위에 지붕이 놓여 있는 작은 바깥 현관이 있다. 그리고 그 현관으로 올라오는 2, 3개의 계단이 놓여 있다. 농민들은 이 바깥 현관에 서서 손님을 배웅하고 비가 오는지 살피기도 하였다.

72 마당_ 러시아 농가는 사람들이 거주하는 집과 곳간, 탈곡장, 마당 등으로 이루어져 있다.

73 흐로모이_ 가브릴로의 성(性)인 '흐로모이'는 러시아어로 '절름발이의'란 뜻을 지닌 형용사에서 왔다.

74 뒤주_ 곡식을 담아 놓은 용기.

머슴 예멜리얀과 빈 북

예멜리얀은 남의 집에서 머슴살이를 하고 있었다. 하루는 예멜리얀이 들에 일하러 나가는 길에 발 앞에 개구리 한 마리가 폴짝 뛰어나와 하마터면 밟을 뻔했다. 예멜리얀은 얼른 발을 앞으로 내디뎌 개구리를 피해서 갔다. 그러자 갑자기 뒤에서 누군가가 그를 불렀다. 예멜리얀이 돌아보니, 아름다운 처녀가 거기에 서 있었다. 처녀는 그에게 말을 건넸다.

"예멜리얀, 당신은 왜 장가를 들지 않죠?"

"나 같은 게 어떻게 장가를 가겠소? 가진 것이라곤 아무것도 없는 빈털터리한테 시집올 여자가 어디 있겠소!"

그러자 처녀가 말했다.

"그럼, 나를 데려가세요!"

예멜리얀은 처녀가 마음에 들었다.

"그거야 좋지만, 결혼을 하면 우린 어디서 살지요?"

"그런 건 걱정할 필요 없어요! 남보다 조금 덜 자고 조금 많이 일하기만 하면 어디서 살든 먹을 것 입을 것 걱정은 없을 거예요."

"허긴 그렇군요. 그럼, 우리 결혼합시다. 그런데 어디로 가면 좋지요?"하고 그가 말했다.

"도시로 나가요."

그래서 예멜리얀과 처녀는 도시로 갔다. 처녀는 그를 변두리에 있는 조그만 집으로 데리고 갔다. 두 사람은 결혼을 하고 살림을 시작했다.

어느 날 황제가 교외로 행차를 하였다. 황제의 행차가 예멜리얀네

집 옆을 지나갈 때 예멜리얀의 아내는 황제를 보려고 밖으로 나왔다. 황제는 그녀의 모습을 보고 몹시 놀랐다.

'호오, 어디서 저런 미인이 나타났을까!'

황제는 마차를 세우고 예멜리얀의 아내를 가까이 불러서 물었다.

"너는 누구냐?"

"농부 예멜리얀의 아내입니다."하고 그녀는 대답했다.

"너 같은 미인이 어째서 농사꾼 따위한테 시집을 갔는가? 원하기만 하면 황후라도 될 수 있을 텐데."

"말씀은 감사합니다. 하지만 저는 농부의 아내로 만족하고 있습니다."

황제는 잠깐 동안 그녀와 말을 주고받다가 다시 마차를 몰았다. 황제는 궁궐로 돌아가서도 예멜리얀의 아내의 모습이 머리에서 떠나지 않았다. 황제는 어떻게 하면 예멜리얀의 아내를 빼앗을 수 있을까 하고 밤새도록 그 생각만 했다. 그러나 이렇다 할 묘안이 떠오르지 않았다. 황제는 신하들을 불러서 좋은 방법을 생각해 내라고 명령했다. 그러자 신하들이 황제에게 이렇게 말했다.

"우선 예멜리얀을 머슴으로 궁궐에 불러들이십시오. 그렇게 하시면 저희들이 그 놈에게 죽도록 일을 시켜 끝내는 그 아내를 과부로 만들고 말겠습니다. 그다음엔 황제께서 마음대로 하십시오."

황제는 이 충고에 따라 예멜리얀에게 사람을 보내어 머슴으로 궁궐에 들어올 것이며 아내도 함께 데리고 들어와서 살도록 하라는 명령을 전하게 했다.

황제의 신하가 와서 예멜리얀에게 그렇게 전했다. 그러자 예멜리얀의 아내가 남편에게 말했다.

"그럼 그렇게 하세요. 가서 낮에는 일하고 밤에는 집에 돌아오면 되잖아요."

예멜리얀은 집을 나섰다. 궁궐에 들어갔더니 황제의 신하가 물었다.

"왜 아내를 데리고 오지 않고 혼자서 왔는가?"

"어떻게 집에서 살림을 하고 있는 아내까지 데리고 올 수 있겠습니까?"

궁궐에서는 예멜리얀에게 두 사람 몫의 일을 시켰다. 그는 그 일을 다 해낼 자신은 없었지만 어쨌든 일을 시작했다. 그런데 이게 어찌 된 일인가. 저녁이 되기도 전에 그 일은 전부 끝나 버리고 말았다. 신하는 일이 다 끝난 것을 보자, 다음날은 네 사람 몫의 일을 예멜리얀에게 주었다.

예멜리얀이 집에 돌아왔을 때 집안은 깨끗이 청소되어 있었고 세간도 말끔히 정돈되어 있었다. 벽난로[75]는 뜨겁게 달아오르고, 저녁 식사 준비도 다 되어 있었다. 예멜리얀의 아내는 식탁 앞에 앉아서 바느질하며 그가 돌아오기를 기다리고 있었다. 그녀는 남편을 맞아 저녁상을 차리고 음식을 권하면서 궁궐의 일은 어떠했느냐고 물었다.

"말이 아니었소. 힘에 겨운 일을 시켜서 나를 녹초가 되게 하려는가 보오."

"그렇지만 일에 대해 너무 생각하지 마세요. 맡은 일을 얼마나 했을까, 이제 일이 얼마나 남았을까, 하는 생각은 아예 하지도 말고 그저 열심히 일만 하세요. 그렇게 하면 다 제때에 끝날 테니까요."하고 아내는 말했다.

예멜리얀은 잠자리에 들었다. 이튿날 아침에 또 일하러 갔다. 그리고 한 번도 한눈을 팔지 않고 열심히 일했다. 그랬더니 이게 어찌 된 일인가! 해질녘이 되자 그 많은 일이 다 끝나서 어두워지기도 전에 집에 돌아올 수 있었다.

날이 갈수록 예멜리얀에게는 더욱 많은 일이 주어졌다. 그러나 예멜리얀은 언제나 제시간에 일을 끝내고 집으로 돌아가곤 했다. 이렇게 일주일이 지나갔다. 황제의 신하들은 아무리 힘든 일을 시켜도 예멜리얀이 녹초가 되지 않는 것을 보자 이번엔 머리를 써야 하는 복잡한 일을 시켜 보았다. 그러나 그것 역시 효과가 없었다. 목수 일이건, 석수장이 일이건, 기와 쌓는 일이건, 무슨 일을 시켜도 예멜리얀은 시간 안에 깨끗이 일을 끝내고 저녁에는 아내한테 돌아가는 것이었다. 이렇게 2주일이 지났다. 황제는 신하들을 불러 꾸짖었다.

"그래, 너희들은 나한테 공짜 밥을 얻어먹을 작정이냐? 밥값을 해야지! 벌써 2주일이 지났는데 대체 너희들은 무얼 하고 있는 거냐? 예멜리얀에게 일을 호되게 시켜 뻗어 버리게 하겠노라고 나한테 말했지만, 내가 창문으로 내다보니 그놈은 저녁마다 노래를 부르며 집으로 돌아가곤 하지 않느냐 말이다. 너희들은 나를 우롱할 셈이냐?"

신하들은 여러 가지 변명을 늘어놓기 시작했다.

"저희들은 할 수 있는 데까지 다해 보았습니다. 처음엔 힘든 막일을 시켜 예멜리얀을 녹초로 만들려고 했습니다만, 아무리 힘든 일을 시켜도 소용이 없었습니다. 무슨 일이건 마치 빗자루로 쓸어버리듯 모조리 해치우면서도 전혀 피곤해하는 기색이 없었습니다. 그래서 저희들은 그놈이 지혜가 모자랄 것으로 생각하고 머리를 써야 하는 까다로운 일을 시켜 보았습니다만, 역시 흠잡을 데 없이 전부 다 해내지 않겠습니까? 도대체 어떻게 하는 건지는 알 수 없습니다만, 어쨌든 무슨 일이건 다 해내는 걸 보니 필시 그놈이든가 그 마누라가 마술을 쓸 줄 아는가 봅니다. 저희들도 이젠 그놈을 어떻게 하면 좋을지 모를 지경입니다. 그래서 이번만은 그놈이 무슨 수를 써도 해낼 수 없는 일을 시켜 보려고 이런 걸 생각했습니다. 다름 아니라, 단 하루 만에 대성당을 지어 놓으라고 하는 것입니다. 그러니 황제께서 예멜리얀을 불러 하루 동안에 궁궐 맞은편에다 대성당을 지으라고 명령하십시오. 그래서 만일 그놈이 그 일을 하지 못하면 어명을 거역하였다

하여 목을 자르면 될 줄 압니다."하고 신하들은 말했다.

황제는 사람을 보내어 예멜리얀을 불러들였다.

"이봐라, 너한테 명령하노니, 이 궁궐 맞은편 광장에다가 새로운 대성당을 짓도록 하라. 내일 저녁까지 다 지으면 후한 상을 내릴 것이나, 만약에 다 짓지 못하면 네 목을 자르리라."하고 황제가 말했다.

예멜리얀은 황제의 명령을 듣고 곧 집으로 돌아갔다.

'아아, 이젠 나도 죽을 날이 왔구나.'하고 그는 생각했다.

그는 집에 돌아와서 아내에게 말했다.

"여보, 빨리 길 떠날 채비를 해요. 어디로든지 도망쳐야지 그러지 않으면 목숨이 달아나게 됐소."

"아니, 뭣 때문에 그렇게 무서워하는 거죠? 왜 도망을 쳐야 한다는 거예요?"하고 아내는 말했다.

"어찌 무섭지 않을 수 있겠소! 황제의 명령이 글쎄 내일 하루 동안에 대성당을 지어 놓으라는 거요. 만약에 짓지 못하면 내 목을 자르겠다지 않겠소. 더 늦기 전에 도망치는 수밖엔 다른 도리가 없소."

그러나 예멜리얀의 아내는 이 말에 따르려 하지 않았다.

"황제한테는 병사가 많이 있으니까 우리가 어딜 가든 이내 잡히고 말 거예요. 그러니, 도망을 쳐 보아야 소용없어요. 그저 힘자라는 데까지 황제 명령에 따르는 수밖엔 없죠."

"하지만 내 힘으론 도저히 해낼 수가 없는데 어떻게 명령에 따른단 말이오?"

"그렇다고 너무 낙심할 건 없어요. 어서 저녁이나 드시고 푹 주무시도록 하세요. 그리고 내일 아침엔 일찌감치 일어나셔야죠. 모든 일이 다 잘 될 거예요."

예멜리얀은 잠자리에 들었다. 이튿날 아침에 아내가 그를 깨웠다.

"자, 빨리 가 보세요. 가서 대성당을 지으세요. 여기 못과 망치가 있어요. 거기 가면 하루 동안에 할 수 있을 만한 일이 남아 있을 거예요."하고 그녀는 말했다.

예멜리얀이 시내로 들어가 궁궐 앞 광장에 당도해 보니, 광장 중앙에는 새로운 대성당이 벌써 세워져 있었다. 건물은 거의 완성 단계에 있었다. 예멜리얀은 필요한 곳에 손질을 하여 저녁때까지 완전히 일을 끝냈다.

황제가 눈을 뜨고 궁궐에서 내다보니 대성당이 서 있고 예멜리얀이 이곳저곳에 못을 박으면서 왔다 갔다 하고 있었다. 황제는 대성당이 완성되었는데도 조금도 기쁘지가 않았다. 예멜리얀에게 벌을 주어 그 아내를 빼앗아 올 구실이 없어졌으므로 오히려 화가 날 지경이었다.

황제는 다시 신하들을 불렀다.

"이번에도 예멜리얀 놈은 맡긴 일을 다 해냈으니 그놈을 죽일 구실이 없지 않은가. 일이 너무 쉬웠던 거야. 그러니 이번에는 좀 더 어려운 일을 생각해내도록 해라. 그렇게 하지 못하면 너희들의 목부터 먼저 잘라 버리겠다."하고 황제가 말했다.

그래서 신하들은 큰 배가 다닐 수 있을 만큼 큰 운하를 궁궐 둘레에 파도록 예멜리얀에게 명령하는 게 좋겠다고 제안했다. 황제는 예멜리얀을 불러 이 새로운 일을 하도록 명령했다.

"하루 동안에 대성당을 지었으니 이만한 일쯤은 능히 할 수 있겠지. 내일 중으로 완성해야 한다. 만약에 완성하지 못하면 네 목을 자를 테니 그리 알아라."

예멜리얀은 전날보다 더욱 풀이 죽어 아내한테 돌아갔다.

"왜 그렇게 풀이 죽어 있죠? 황제가 또 무슨 새로운 일이라도 시켰나요?"하고 아내가 물었다.

예멜리얀은 아내에게 모두 이야기했다.

"이번엔 정말 도망치는 수밖엔 없겠소."

그러나 아내는 이렇게 말했다.

"어딜 가든 황제의 병사한테 붙잡히고 말 거예요. 그러니 하라는 대로 하는 수밖엔 없어요."

"그렇지만 어떻게 그 일을 한단 말이오?"

"너무 그렇게 낙심할 건 없어요. 어서 저녁이나 드시고 주무시도록 하세요. 그리고, 내일 아침 일찌감치 일어나면 모든 일이 다 제때에 될 거예요."

그래서 예멜리얀은 잠자리에 들었다. 이른 아침에 아내가 그를 깨웠다.

"자, 어서 궁궐로 가세요. 모든 일이 다 되어 있을 거예요. 궁궐 맞은편 선착장에 조그만 흙더미가 남아 있을 테니, 삽으로 그걸 평평하게 고르기만 하면 일은 끝나는 거예요."

예멜리얀은 시내로 들어갔다. 궁궐 둘레에는 이미 운하가 파져 있고 그 위로 큰 배가 떠다니고 있었다. 예멜리얀은 궁궐 맞은편 선착장으로 가서 울퉁불퉁한 땅을 평평하게 고르기 시작했다.

황제가 잠에서 깨어 보니 어제까지 없었던 운하가 생기고 운하를 따라 배들이 떠다니고 예멜리얀이 삽으로 흙더미를 고르고 있었다. 황제는 몹시 놀랐다. 황제는 운하가 생기고 배들이 오가는 것을 보아도 기쁘기는커녕 오히려 원통하기만 했다. 예멜리얀에게 벌을 줄 구실이 없었기 때문이었다. 황제는 속으로 생각했다.

'저놈은 못 하는 일이 없는가 본데, 어쩌면 좋단 말인가?'

황제는 신하들을 불러 다시 그들의 의견을 물었다.

"예멜리얀이란 놈이 무슨 수를 써도 할 수 없는 일을 너희들이 다시 생각해내도록 해라. 우리가 아무리 지혜를 짜내어 일을 시켜도 그놈은 문제없이 해내곤 하니 이래서야 어디 그놈의 아내를 빼앗을 수 있겠느냐."

신하들은 생각하고 또 생각한 끝에 한 가지 좋은 수를 생각해냈다. 그들은 황제에게 이렇게 제안했다.

"예멜리얀을 부르셔서, 어딘지 모르는 곳에 가서 무언지 모르는 것을 가져오라고 하십시오. 그러시면 그놈도 별수 없을 것이옵니다. 그놈이 어디를 가든 명령한 곳은 거기가 아니라고 하시면 될 것이고, 또 그놈이 무엇을 가져오든 명령한 물건은 그것이 아니라고 우기시면 될 것이옵니다. 그렇게 되면 그놈의 목도 자를 수 있고 그 아내도 빼앗을 수 있을 것이옵니다."

황제는 몹시 기뻐했다.

"그것참 현명한 생각이로구나."

황제는 예멜리얀을 불러 명령했다.

"어딘지 모르는 곳에 가서 무언지 모르는 것을 가져오너라. 만약에 가져오라는 걸 가져오지 못하면 너의 목은 달아나는 줄 알아라."

예멜리얀은 아내한테 돌아가서 황제가 이런 명령을 내렸다고 말했다. 아내는 잠시 생각하고 나서 말했다.

"이건 필시 당신을 해치려고 신하들이 황제께 조언했을 거예요. 그러니 이번엔 현명하게 해야겠군요."

아내는 가만히 앉아서 생각하고 또 생각한 끝에 남편에게 이렇게 말했다.

"좀 멀기는 하지만 농부와 병사의 어머니[76]가 되시는 늙으신 우리 할머니[77]한테 가서 도움을 청할 수밖엔 없군요. 할머니가 무슨 물건을 주시거든 그걸 가지고 곧장 궁궐로 가세요. 나도 거기에 가 있을 테니까요. 이제는 나도 그들의 손에서 벗어날 수 없을 거예요. 그들은 강제로라도 나를 끌고 갈 거예요. 그렇지만 그리 오랫동안 붙잡혀 있진 않을 거예요. 그 할머니가 하라는 대로 당신이 하기만 하면 곧 나를 구해 줄 수 있을 테니까요."

아내는 남편의 길 떠날 채비를 했다. 그녀는 예멜리얀에게 조그만 주머니와 실패를 주었다.

"이걸 할머니한테 주세요. 이걸 보면 당신이 내 남편이라는 걸 할머니가 아실 테니까요."

이렇게 말하고서 아내는 그에게 길을 가르쳐 주었다. 예멜리얀은 길을 떠났다. 교외로 나오니까, 병사들이 훈련을 하고 있는 것이 보였다. 예멜리얀은 발길을 멈추고 그것을 구경했다. 훈련이 끝나자 병사들은 휴식을 취했다. 예멜리얀은 가까이 다가가서 물어보았다.

"여보시오, 병사들, 어딘지 모르는 곳으로 가자면 어느 쪽으로 어떻게 가야 하는지 가르쳐 주시오. 그리고 무언지 모르는 것을 얻으려면 어떻게 해야 하는지 좀 가르쳐 줄 수 없겠소?"

병사들은 이 말을 듣자 몹시 놀랐다.

"도대체 누가 당신을 보냈소?"하고 그들은 물었다.

"황제한테서 그런 명령을 받았소."하고 그는 대답했다.

그러자 그들이 말했다.

"사실은 우리들도 병사가 된 그날부터 어딘지 모르는 곳으로 행군하고 있는데, 아무리 해도 그곳에 도달하질 못하고 있답니다. 그리고 우리들도 무언지 모르는 것을 찾고 있는데 좀처럼 그걸 찾아낼 수가 없단 말이오. 그러니 우리가 어떻게 그걸 가르쳐 줄 수 있겠소?"

예멜리얀은 잠시 병사들과 함께 앉아 있다가 다시 길을 떠났다. 걷고 또 걷다 보니 숲이 나타났다. 숲 속에는 오두막집이 있었고 그 오두막집에는 농부와 병사의 어머니인 늙은 할머니가 앉아서 침이 아닌 눈물로 손가락을 축이고 있었다. 할머니는 예멜리얀을 보자 큰 소리로 외쳤다.

"뭐 하러 왔어?"

예멜리얀은 할머니에게 실패를 내주며 자신의 아내가 보내서 왔노라고 말했다. 그러자 할머니는 금세 표정이 부드러워지며 여러 가지를 묻기 시작했다. 예멜리얀은 지금까지 자기에게 일어났던 일을 자세히 이야기했다. 결혼한 얘기, 도시로 이사한 일, 황제의 궁궐에 불려 들어가서 여러 가지 어려운 일들을 한 끝에 대성당을 세운 일, 배가 다닐 만큼 큰 운하를 판 얘기를 했다. 그리고 이번에 황제가 어딘지 모르는 곳에 가서 무언지 모르는 것을 가져오라는 명령을 내려서 이렇게 할머니를 찾아왔노라고 말했다.

할머니는 얘기를 다 듣고 나자 눈물을 멈췄다. 그리고 혼잣말처럼 중얼거렸다.

"드디어 때가 왔나 보군. 뭐 걱정할 건 없어. 자, 어서 앉게. 뭘 좀 먹어야지."하고 할머니가 말했다.

예멜리얀이 식사를 끝내자 할머니는 그에게 이렇게 말했다.

"자, 이 실꾸러미를 받아서 앞으로 굴리게. 그리고 실꾸러미가 굴러가는 대로 따라가면 아주 멀리 바닷가까지 가게 될 거야. 바닷가에는 큰 도시가 있는데, 그 도시로 들어가서 제일 끝 집을 찾게. 그리고 그 집에서 하룻밤 재워 달라고 하게. 그러면 거기서 자네가 가져가야 할 물건을 찾을 수 있을 걸세."

"하지만 할머니, 제가 그걸 어떻게 알아볼 수 있겠습니까?"

"사람들이 자기 아버지나 어머니 말보다도 더 잘 따르는 게 바로 그것이야. 그러니 그걸 가지고 황제한테 가게. 황제는 그런 걸 가져오라고 한 게 아니라고 하겠지. 그러면 자네는 이렇게 대답해야 하네.

'만일 이것이 아니라면, 이건 부숴 버려야겠습니다.'

그리고 그것을 두드리며 운하 옆으로 나가서 아주 못 쓰게 부순 다음 물속에 던져 버리게. 그렇게 하면 자넨 아내를 되찾을 수 있고, 나도 더 이상 눈물을 흘리지 않게 될 걸세."

예멜리얀은 할머니에게 인사를 하고 그 집을 나와서 실꾸러미를 굴렸다. 실꾸러미는 대굴대굴 굴러서 바닷가까지 갔다. 바닷가에는 큰 도시가 있었고, 도시 맨 끝에는 높다란 집이 한 채 있었다. 예멜리얀은 하룻밤 자고 가게 해 달라고 청했다. 그는 곧 안으로 안내되어 잠자리에 들었다. 이튿날 아침 일찍 잠에서 깨어 보니 주인집의 아버지가 일어나서 아들을 깨우고 있었다. 아들에게 산에 나무를 하러 가라고 하고 있었다. 그러나 아들은 아버지 말을 들으려 하지 않았다.

"아직 시간이 이르잖아요. 좀 더 있다가 가도 된다니까요."하고 아들은 말했다.

그러자 벽난로 쪽에서 어머니의 말소리가 들려왔다.

"얘야, 어서 갔다 오려무나. 아버지는 뼈마디가 쑤셔서 그러는데, 그래 넌 아버지를 산에 보낼 작정이냐? 시간이 이르긴 뭐가 이르다는 거냐."

그러나 아들은 한두 마디 중얼거리고는 다시 잠들어 버렸다. 아들이 잠들자마자 바깥 한길 쪽에서 무언가 요란한 소리가 울려왔다. 아들은 후다닥 일어나서 급히 옷을 주워 입고 한길로 달려나갔다. 예멜리얀도 뛰어 일어나서 그 뒤를 좇아갔다. 저렇게 요란한 소리를 내는 게 대체 뭘까, 아들이 아버지나 어머니 말보다 더 잘 듣는 그것은 대체 뭘까, 예멜리얀은 그것을 알아보고 싶었던 것이다.

예멜리얀이 밖으로 달려나가 보니, 어떤 사람이 배에 뭔가 둥근 것을 매달고 막대기로 그것을 두드리며 한길을 걷고 있었다. 그것이 바로 요란한 소리를 내는 바로 그 물건이었다. 부모말도 잘 듣지 않는 아들을 깨워 밖으로 나오게 한 바로 그 물건이었다. 예멜리얀은 가까이 다가가서 좀 더 자세히 보았다. 그것은 조그만 쟁반같이 둥글고, 양쪽에 가죽을 씌운 이상한 물건이었다. 그는 그 물건의 이름이 무엇이냐고 물어보았다.

"북이에요."

사람들이 말해 주었다.

"그게 뭔데요, 비어 있는 건가요?"[78]

"비어 있지요."

예멜리얀은 놀랐다. 그는 자기한테 그 북을 달라고 간청했으나 거절당했다. 그는 하는 수 없이 북 치는 사람의 뒤를 따라나섰다. 온 종일 뒤를 따라다니다가 북 치는 사람이 잠자리에 들었을 때 북을 훔쳐가지고 도망쳤다. 달리고 또 달린 끝에 예멜리얀은 간신히 자기가 살던 도시로 돌아왔다. 아내를 만나려니 생각했었는데 아내는 집에 없었다. 그가 집을 떠난 다음 날 황제가 그녀를 궁궐로 데려갔던 것이다.

예멜리얀은 궁궐로 가서 어딘지 모르는 곳에 가서 무언지 모르는 것을 가져왔으니 황제께 말씀드려 달라고 했다. 신하들은 황제께 그렇게 아뢰었다. 황제는 내일 오도록 하라고 말했다. 그러나 예멜리얀은 한 번 더 말씀드려 달라고 청했다.

"제가 오늘 온 것은 황제께서 분부하신 물건을 구해 왔기 때문입니다. 그러니 황제께 그렇게 말씀드려 이리로 나오시도록 전해 주십시오. 안 나오시면 제가 들어가서 뵙겠습니다."하고 그는 말했다.

황제가 나와서 물었다.

"너는 어디 갔다 왔느냐?"

예멜리얀이 대답했다.

"거기가 아니야. 그래, 뭘 갖고 왔느냐?"하고 황제는 말했다.

예멜리얀은 북을 보여 주려 했으나 황제는 거들떠보지도 않았다.

"그것도 아니야."하고 황제는 말했다.

"만일 이것이 아니라면, 이건 부숴 버려야겠습니다."하고 예멜리얀이 말했다.

예멜리얀은 북을 메고 궁궐에서 나왔다. 그가 북을 두드리자 황제의 병사들이 모두 그의 뒤를 따라와서 경례하고 그의 명령을 기다렸다.

황제는 창문에서 이것을 보고 자기 병사들에게 예멜리얀을 따라가지 말라고 소리쳤다. 그러나 병사들은 황제의 호령 같은 건 들은 체도 않고 모두 예멜리얀의 뒤를 따라갔다. 황제는 이것을 보고 예멜리얀에게 아내를 돌려줄 테니 그 북을 자기한테 달라고 했다.

"그렇게 할 수는 없습니다. 저는 이걸 산산이 부숴서 물속에 던져버리라는 분부를 받았으니까요."하고 예멜리얀은 말했다.

예멜리얀은 북을 치며 운하까지 왔다. 모든 병사들이 뒤따라 왔다. 예멜리얀은 북을 산산이 부숴서 운하 속에 던져 넣었다. 그러자 병사들은 모두 흩어져 도망쳐 버리고 말았다. 예멜리얀은 아내를 데리고 자기 집으로 돌아왔다. 이런 일이 있은 후부터는 황제도 더 이상 예멜리얀을 괴롭히지 않게 되었다. 그리고 황제는 나쁜 일은 하지 않고 착한 일을 많이 하게 되었다.

75 벽난로_ 러시아어로 뻬치까라 불리는 벽난로는 추운 겨울을 따뜻하게 해주는 것일 뿐 아니라 음식을 만드는 곳이기도 하다. 농가에서 제일 따뜻한 장소인 이 벽난로 위에서 집안의 어른이나 아이들이 잠을 자며 지낸다.

76 농부와 병사의 어머니_ 러시아에서 병사를 주로 농부 출신에서 모집하기 때문에 그들의 어머니라는 말을 쓴다. 여기에서 어머니라는 것은 이상적인 어머니상을 말한다.

77 늙으신 우리 할머니_ 경험도 많고 현명하여 많은 것을 알고 있는 사람을 말한다.

78 비어 있는 건가요?_ 이 말은 '북'이라는 것을 예멜리얀이 처음으로 보았으며, '북이 비어 있다'는 것을 예멜리얀이 처음으로 알게 되었다는 사실을 보여 주고 있다.

해설

똘스또이 연보

똘스또이 작품

해 설

1. 똘스또이의 생애

레프 니꼴라예비치 똘스또이는 우리에게 잘 알려진 소설인 『전쟁과 평화』, 『안나 까레니나』, 『부활』 등 세계적인 대작들을 남긴 천재적인 러시아의 작가이다.

똘스또이는 1828년 8월 28일(구력으로는 9월 9일)에 끄라삐벤스끼 군 뚤라현의 지주인 퇴역 육군 대령 엔.이. 똘스또이 백작의 아들로 태어났다.

똘스또이의 아버지는 젊은 시절에 군대에서 복무하는 동안 1812년 전쟁[79]에 참여하였다. 그는 결혼 후에 아내의 영지인 야스나야 빨랴나[80]에 정착하였다.

똘스또이의 어머니는 볼꼰스까야 가문 출신으로, 교육받은 여성이었다. 그녀는 영어, 독일어, 프랑스어, 이태리어를 할 줄 알았다. 그러나 똘스또이는 겨우 한 살 반 되었을 때 어머니를 잃게 되었다.

똘스또이는 대부분의 삶을 뚤라 도시에서 그리 멀지 않은 그림 같은 마을인 야스나야 빨랴나에서 보냈다. 아주 어린 시절부터 그의 주변에는 평민들이 많았다. 이들의 세계는 미래 작가의 정신적인 발전에 좋은 영향을 끼쳤다.

1837년에 똘스또이는 다른 형제들과 함께 모스크바로 오게 되었다. 얼마 안 있어 아버지가 돌아가셨다. 이때 똘스또이의 나이는 겨우 9세였다. 나이 어린 형제들은 아주머니인 에르골리스까야가 다시 야스나야 빨랴나로 데려갔다. 1841년 9월에 똘스또이는 야스나야 빨랴나로부터 까잔에 있는 아주머니 유쉬꼬바야에게로 거처를 옮겼다.

1844년에 그는 까잔대학 동양어문학부 입학시험에 합격하게 된다. 똘스또이는 외교관을 꿈꾸었다. 그러나 이 학부에서 그는 단지 1년만 공부하였다. 그에게는 외교관 자질이 전혀 발견되지 않았던 것이다. 그는 법학부로 옮기기로 결심하였다. 그러나 이 학부도 끝마치지 못하였다. 까잔에서 똘스또이가 머물렀던 시절에 그의 기록으로 판단해 보건대 그를 사로잡은 것은 생생한 현실적인 활동에 대한 문제였던 것 같다.

1847년에 그는 까잔을 떠나 야스나야 빨랴나로 오게 된다. 이곳에서 형제들과 그는 영지를 분배받게 되었다. 자신의 영지에서 지주로서의 일에 흥미를 느끼면서 똘스또이는 러시아 문학에 많은 관심을 가지게 된다. 그에게 강한 인상을 준 작품으로는 뿌쉬낀의 『예브게니 오네긴』, 고골의 『죽은 혼』, 레르몬또프의 『우리 시대의 영웅』, 그리고로비치의 『불운한 안똔』 등이었다. 똘스또이는 러시아 영웅서사시와 구전(口傳)들에도 흥미를 느꼈다.

똘스또이는 그 당시에 가장 진보적이었던 잡지인 『동시대인』을 읽었는데 여기에서 벨린스끼[81], 게르첸[82], 네끄라소프[83] 등을 접하게 되었다. 동시에 그는 법을 공부하고, 외국어를 익히고, 의학과 지리, 통계학에 관심을 가졌으며 음악을 공부하기도 하였다.

1851년 4월에 똘스또이는 형 니꼴라이와 함께 까프까스로 떠나는데 그 당시에 이곳에서 러시아인들과 산악지대의 사람들, 즉 까프까스 사람들과의 전투가 일어났다. 까프까스에서 그는 포병으로 근무했고 처음에는 하사관(생도) 계급을 받았으나 그다음에는 소위보 계급을 받았다. 러시아 군인들의 공훈은 똘스또이에게 잊을 수 없는 인상을 남기게 된다.

남쪽 지방의 자연과 이 산악지대 까프까스 사람들의 삶은 똘스또이를 사로잡았다. 이 환경 속에서 그는 헌신적이며 용감한 놀랄 만한 사람들을 많이 발견하게 되고 이들의 모습을 후에 자신의 많은 작품 속에서 보여주게 된다.

똘스또이의 최초의 문학적 습작 기간은 그의 어린 시절에 이루어졌다. 7세 소년이었을 때 그는 자신의 노트에 아주 짧은 단편인 「독수리」, 「매」를 썼다. 12세에는 에르골리스까야에게 「사랑하는 아주머니에게」라는 축하시를 써드렸다. 그다음에는 「조국에 대한 사랑」이란 단편을 프랑스어에서 번역하였다. 철학과 형법과 음악에 대한 그의 작품의 일부분들이 보존되어 있고, 스턴의 작품을 영어에서 러시아어로 번역을 시도하기도 하였다.

똘스또이에게 명성을 안겨 준 것은 삼부작 『어린시절』, 『소년시절』, 『청년시절』로, 이것은 1852-1857년에 『동시대인』에 게재되었다.

똘스또이는 어린이의 마음속에 깊이 파고들어서 어린이의 체험을 올바르게 제시하고 있다. 어린이의 세계는 행복과 기쁨으로 가득 차 있을 뿐 아니라, 그 속에는 비탄도 포함되어 있다. 『어린시절』, 『소년시절』, 『청년시절』은 시적인 아름다움으로 가득 차 있다. 언어의 단순함, 자연의 아름다움에 대한 정확한 재현, 진실성과 보기 드문 공정함 등은 독자로 하여금 환희를 경험하게 한다.

1852-1856년 동안에 똘스또이는 여러 단편들도 썼다. 그 작품들로는 「습격」, 「삼림 채벌」, 「당구 기록원의 수기」 등이 있다. 이 작품들의 기반이 된 것은 작가가 러시아 군인들과 장교들의 생활과 그들의 생활태도에서 받은 인상들이다.

1853년에는 영국, 프랑스, 터키가 러시아에 대항하여 크림 반도에서 전쟁을 일으켰다. 1854년 11월에 똘스또이는 세바스또뽈리 도시에 오게 되었다. 여기에서 똘스또이는 세바스또뽈리 전투에 직접 참여하게 되었다. 그는 러시아 군인들의 영웅적인 정신을 관찰하고 보게 된다. 세바스또뽈리에서 똘스또이는 러시아인들의 공훈과 용감함을 묘사할 군인 잡지를 발행하기로 생각한다. 그러나 이 잡지의 출판은 정부가 허락하지 않았다. 세바스또뽈리 시대의 진정한 영웅은 바로 러시아의 평민들이었다. 그들은 말없이 신념을 가지고 자신의 조국을 지켰다. 똘스또이는 겸손한 러시아인의 위대함과 정신적인 순수, 용기를 세바스또뽈리에서 보았다. 러시아 군대의 영웅정신을 똘스또이는 자신의 3편의 뛰어난 단편인 「12월의 세바스또뽈리」, 「5월의 세바스또뽈리」, 「1855년 8월의 세바스또뽈리」 속에서 그리고 있다.

이 세바스또뽈리 단편을 통해서 똘스또이는 독자들의 관심을 인간적인 공훈과 일상적인 일에 모을 줄 아는 예술가로서, 그리고 대작가로서 등장하게 되었다.

1855년에 똘스또이는 뻬쩨르부르끄로 되돌아왔다. 여기에서 그는 잡지 『동시대인』을 중심으로 그룹을 형성하고 있던 작가들인 네끄라소프, 뚜르게네프[84], 오스뜨로프스끼[85], 곤차로프[86], 체르느이쉡스끼[87], 빠나예프[88], 그리고로비치[89] 등과 가까워지게 되었다.

뻬쩨르부르끄에서 똘스또이는 '순수예술' 이념을 고수하고 체르느이쉡스끼의 예술에 대한 물질관에 대항하는 드루쥐닌[90], 보뜨낀[91], 안넨꼬프[92]등과도 알게 되었다. 똘스또이 자신은 '순수예술'에 대한 반대자였다. 따라서 드루쥐닌, 보뜨낀, 안넨꼬프의 견해의 허점(거짓)을 확신하고서 그는 곧 그들을 떠났다.

1857년 5월 28일에 똘스또이는 야스나야 뽈랴나로 돌아왔다. 농노농민의 노예에 가까운 상태는 그를 괴롭혔다. 그가 1852년에 까프까스에 있을 때 벌써 그는 러시아에서의 농노의 노예상태에 대해 생각하면서 이 테마로 소책자를 쓰는 것을 꿈꾸었다. 소책자는 쓰지 못했지만 1852년에 지주의 삶에 대한 소설을 쓰게 되었다. 그 일부는 후에 『지주의 아침』이라는 제목으로 출판되었다.

1857년에 똘스또이는 최초의 외국 여행을 하게 된다. 그는 프랑스, 스위스, 이태리, 독일을 방문하였다.

1857년 가을에 외국 여행에서 돌아온 후 똘스또이는 다시 야스나야 빨랴나를 찾게 되며 농사에 전념하게 된다. 이때 그를 흥분하게 했던 것은 농민들과의 상호 관계였다. 그는 농민들을 해방시키기를 원했으나 이 소망은 그들의 힘든 운명을 조금 가볍게 해주는 데에 그치고 만다.

50년대 후반에 똘스또이는 러시아 농민의 운명에 대해 생각하면서 평민들을 위해서는 교육이 필요하다는 결론에 다다르게 된다. 그는 교육 속에서 농민들과 귀족들의 관심을 일치시킬 수 있다고 생각하게 된다.

1859년에 똘스또이는 야스나야 빨랴나에 농민의 아이들과 성인들을 위한 학교를 열게 되었다. 그 자신이 그 학교에서 가르쳤으며, 가르치는 일에 열중하여 그는 문학 활동을 그만둘 생각까지도 하였다.

그는 민중 교육에 대해 더 알기 위해서 1860-1861년에 두 번째의 외국 여행에 나섰다.

외국에서 돌아온 후 1861년 5월 초에 똘스또이는 학교일과 평화적인 중재자 활동에 완전히 빠져들었다. 똘스또이가 학교 사업에서 사용한 방법은 당시에 그 자신의 독창적이고 민주적인 방법이었다. 그는 그가 살았던 지역에 일 년 동안에 21개의 학교를 개교했으며 국민교육에 대한 일련의 논문들을 썼다.

이러한 똘스또이의 교육 사업은 황제 정부의 불신과 불만을 야기시켰다. 그리하여 이 교육 사업은 1862년 여름에 야스나야 빨랴나에서 있은 수색 후에 중단되었다.

똘스또이는 민중과 교제를 하면서 그들의 생활 방식, 풍부하고 아름다운 언어, 민중의 시를 주의 깊게 연구하였다.

1861-1862년에 그는 중편 『뽈리꾸쉬까』를 썼다. 이 속에서 똘스또이는 농노제 찬성자들의 생활 방식과 기질들을 가차 없이 폭로하고 있다.

1852년에 이미 그가 까프까스에 있을 때 중편 『까자끄 사람들』을 쓰기 시작했는데 1862년에 와서야 야스나야 빨랴나에서 그것을 완성하게 되었다. 이 중편에 10년 동안 매달리면서 똘스또이는 작품의 구상과 주인공들의 이름과 성격을 여러 번 바꾸었다. 중편은 잡지 『러시아 소식』에 1863년 1월에 게재되었다.

1860년대에 러시아에서는 사회적인 대변동이 일어났다. 1861년의 농노해방이 농민들의 경제적인 상태나 법적인 지위를 향상시키지 못하였다. 그들은 이전처럼 아무런 권리도 누리지 못하고 살았다. 똘스또이는 두 번째 외국여행으로부터 돌아온 후에 이것을 알 게 되었다.

개혁 직후 몇 년 동안 똘스또이는 민중과 더 가까워졌다. 그는 광범위한 역사의 장에서 민중의 운명과 역할에 의미를 부여하려 노력하였다. 그의 견해에 따르면 민중이란 역사에서 결정적인 힘이었다.

1863년에 똘스또이는 러시아 삶의 장엄한 서사시인 소설 『전쟁과 평화』를 쓰기 시작하였다. 소설 『전쟁과 평화』에 대한 구상을 똘스또이가 단번에 한 것은 아니었다. 1856년에 그는 12월 당원들에 대한 소설을 쓰려고 하였다. 12월 당원들에 대한 작업은 결국 그로 하여금 소설 『전쟁과 평화』를 쓰도록 이끌어갔다. 그 속에서 이 천재적인 작가는 1805-1807년의 전쟁을 잘 보여주고 있고, 1812년의 전쟁에 대해서도 생생하게 그리고 있다. 그는 이 작품을 통하여 19세기 초반 러시아 사회의 다양한 계층의 사회생활에 대한 공정한 기록을 남겼다. 등장인물이 559명이 나오는 『전쟁과 평화』는 러시아 삶에 대한 대서사시이고 러시아 민중의 가장 훌륭한 전통을 구현한 것이라

할 수 있다.

1873년에 똘스또이는 『안나 까레니나』를 쓰기 시작했다.

이 소설은 현대 생활을 소재로 한 것이다. 소설의 줄거리는 부정(不貞)한 여자와 이로 인해 파생되는 비극이다. 똘스또이는 이 소설을 쓰기 위하여 4년 이상 몰두하였다.

이 소설에서 중요한 자리를 차지하는 것은 가정 문제이다. 똘스또이는 가정 문제와 결혼 문제를 사회적이고 정치직이며 경제적인 문제들의 필연성과 관련해서 제시한다. 소설 속에서 나타나는 귀족 부르주아 사회의 대부분의 사람들은 무의미하고 무가치한 삶을 살아간다. 그러나 안나는 거짓을 증오하는데 그녀 자신은 거짓을 이야기해야 하고 자신의 감정을 숨겨야만 한다. 그리하여 이것은 까레닌에 대한 그녀의 더 큰 증오를 야기시킨다.

안나에게는 브론스끼 역시 그녀를 속인 것처럼 여겨진다. 그녀는 자유롭고 기쁜 삶에 대한 그녀의 꿈이 영원히 깨어져 버린 것을 알게 되면서 깊은 인간적인 슬픔을 맛보게 된다. 소설의 끝에서 안나의 모든 증오와 저항이 감정없는 관료적인 기계라 할 수 있는 까레닌에 대한 것이라기보다는 귀족 부르주아 사회의 공정하지 못한 법칙과 신성한 종교에 대항하는 것이라는 것이 밝혀지고 있다.

똘스또이가 『안나 까레니나』를 집필하고 있는 동안에 그의 세계관에는 결정적인 전환이 일어난다. 그는 이제까지 지녀왔던 삶에 대한 자신의 시각을 단호히 바꾸게 된다. 그리고 자신이 속한 계층과 단호히 결별하고 농민층으로 옮겨가게 된다. 똘스또이는 자신의 동시대의 삶을 농부들의 마음으로 보려고 애를 쓴다.

1880년대에서 1890년대에 똘스또이는 대예술작품들을 썼다. 이때에 그는 『이반 일리치의 죽음』, 『크로이처 소나타』, 『신부 세르기』, 희곡 『어둠의 힘』, 『계몽의 열매』와 지배 계층의 삶을 신랄하게 비판하는 다른 작품들을 썼다.

『어둠의 힘』에서 그는 자본주의의 착취적인 본질을 폭로하려 노력했고, 『계몽의 열매』에서는 지배 계층의 보여주기 위한 문화를 폭로하며 1861년 개혁 이후의 농민의 어려운 상태에 대해 그리고 있다. 『계몽의 열매』는 1889년에 야스나야 빨랴나에서 초연되었다.

1882년에 똘스또이는 모스크바에서 거주할 수 있게 되었다. 그는 빈곤이 난무하는 도시 삶을 보게 되었다. 더욱더 무시무시한 빈곤한 민중의 모습들을 90년대에 그는 보아야만 했다. 그리하여 이때부터 그는 굶주린 사람들에게 베푸는 사회사업을 시작하게 되었다. 이 무렵 똘스또이의 창작 활동의 중심에 서게 된 것은 '민중'이었다.

1882년에 똘스또이는 논문 「예술이란 무엇인가」를 쓰기 시작했다. 이 논문은 15년 동안 쓰여졌다.

이 논문에서 똘스또이는 자신의 미학적인 견해를 표현하고 지주들의 퇴폐적인 예술, 문학, 미술, 음악에 대한 신랄한 비판을 가하였다. 그에게 있어서 예술이란 민중에게 가까운 것이어야 하며 민중의 이익에 봉사할 수 있는 것이어야 했다.

이 기간 후에 나온 작품 중의 하나는 장편 소설인 『부활』이다. 똘스또이는 이 작품을 10년 동안 집필하였다.

『부활』은 19세기 말의 러시아 삶을 광범위하게 묘사하고 있고 그 당시의 가장 심오하고 복잡한 문제들을 다루고 있다. 똘스또이가 『부활』에서 다루었던 것처럼 그렇게 강력하게 부르주아 지주 제도에 대한 비판을 가한 것은 없다. 그는 이 작품에서 재판의 코메디, 교회의 역할, 혁명가들의 모습 등 전반적인 사회의 여러 모습들을 묘사하고 있다.

똘스또이는 자신의 생의 마지막 10년 동안에 일련의 작품들을 썼다. 이 시기의 작품들로는 중편 역사 소설 『하지 무라뜨』(1896-1904), 비극 『산 송장』(1910, 이것은 미완성된 작품으로 1911년에야 출판되었다), 단편 「무도회가 끝난 후」(1903), 「위조 쿠폰」(1904) 등을 들 수 있다.

『하지 무라뜨』는 50년대 실제로 있었던 역사적인 사건을 줄거리로 하고 있다. 똘스또이는 산악지방 사람들의 삶에 대한 관심을 여전히 그만둘 수가 없어서 당시의 까프까스에서 있었던 사건들에 관련된 자료들을 주의 깊게 연구하였다. 그리하여 똘스또이는 주인공 하지 무라뜨를 매우 애착을 가지고 그리고 있다. 이 중편에서는 윤리적인 문제뿐 아니라 사회생활의 문제들도 다루어지고 있다.

1908년에 수많은 사형선고에 대해 분개한 똘스또이는 「나는 침묵할 수 없다」를 썼다. 이것은 반동의 시기에 황제 정부가 매달렸던 사형에 대한 저항이었다.

위대한 휴머니스트인 똘스또이는 러시아 지주들과 자본주의자들만을 신랄하게 비판한 것은 아니었다. 그는 은행가들과 서유럽과 미국의 산업가들도 비판하였다. 그는 중국 사람들과 인도 사람들과 식민지하에 있는 동양의 다른 민족들에 대해 뜨거운 동정심도 느꼈다.

이러한 작품들을 통하여 똘스또이는 자신의 작품 속에서 19세기 러시아의 삶을 훌륭하게 묘사하였을 뿐 아니라, 그가 살았던 제정 러시아 시대 제도의 가혹함과 부당함에 대해서 역시 신랄한 비판을 가하였다. 그는 자신의 작품 속에서 러시아 사회생활의 근본적인 문제들을 제기하였다.

러시아 민중의 풍요로운 모든 언어와 그가 살았던 동시대의 모든 단어들이 포함된 똘스또이의 언어는 아름답다. 똘스또이는 대가다운 기술로써 농민들, 지주들, 관리들의 언어와 자신의 주인공들의 개별적인 언어를 전달하고 있다. 뿐만 아니라 그는 러시아의 자연을 멋지게 그리고 있다.

똘스또이의 작품은 러시아 고전 문학의 가장 훌륭한 전통을 계승

한 것이라 할 수 있다. 18세기 말과 19세기 전반기에 형성된 리얼리즘 작품들에 기초를 두고 그의 작품은 발전하였다. 또한 똘스또이의 작품은 19세기 말에서 20세기 초의 작가들에게 막대한 영향을 끼쳤다. 많은 소비에트 작가들은 똘스또이 작품에서 좋은 영향들을 많이 받게 되었다.

똘스또이는 러시아 국민의 큰 자랑이 되었고 그의 천재적인 작품은 러시아 문학과 세계 문학 속에서 최고의 자리를 차지하게 되었다.

2. 똘스또이의 '전환'과 민화

똘스또이는 생애 후반에 쓴 민화들이 거의 수백만에 달하는 '새로운 독자층'을 위한 것이라고 말했다. 그리하여 이 단편의 내용과 형식은 작가 앞에 제시되었던 과제인 자신의 종교적이고 도덕적인 견해를 광범위한 민중 계층에게 보급해야 한다는 목적에 맞게 정해지게 되었다.

1870년대 말에 똘스또이에게는 세계관의 대전환이 찾아온다. 이에 대해서 그는 자신의 논문인 「참회」(1879-1882)에서 자세히 말하고 있다. 이러한 정신적인 위기의 징조는 60년대 초에 이미 똘스또이에게 나타나기 시작하였다. 똘스또이 자신도 「참회」에서 '가정생활'이 그를 60년대에 '절망'으로부터 구했으며 만약에 결혼하지 않았더라면 그는 그 당시에 이미 위기를 맞게 되었을 것이라고 말하였다. 똘스또이는 개인적인 요인으로 인해 자신의 세계관에 변화가 찾아왔다고 보고 있지만 실제로 그 문제는 그의 결혼 생활에 있었던 것이 아니라 러시아 내에서의 정치적인 상황의 변화, 농노 개혁 이후에 아무런 변화도 없는 농민들의 상태, 단호한 결정을 요구하는 일련의 사회 문제

들이 70년대에 그와 그의 동시대인들 앞에 놓이게 된 데에서 찾을 수 있을 것이다.[93]

똘스또이의 세계관에서의 '전환'이 무르익어 완성된 것은 러시아에서 일어났던 2개의 민주 운동(1859-1861년의 농노 해방과 1879-1880년의 인민주의자들의 운동)의 영향이었다고 볼 수 있다. 여러 비평가들은 이 '위기'의 원인들을 똘스또이 전기 속에서 찾지 않고 사회적인 변환 속에서 보고 있다. 이들은 그 원인들을 러시아의 농노 해방 운동에서 그 근원을 찾으려 하고 또한 자본주의의 도래에 대한 러시아 농촌의 대항과 관련해서 찾으려고 한다.[94]

똘스또이는 자신이 속해 있던 상류 계층과 결별한 뒤에 농민층의 이익을 대변하는 사람이 되었다. 그는 농민의 입장에 서서 특정 부르주와 계층 사회에만 부합하는 당시 제정 러시아의 모든 질서에 가차없는 비판을 가했다.

똘스또이는 부르주아 사회를 근본적으로 거부하면서 이들이 인간의 당연한 요구와 인간의 본성에 적대적이라고 말하고 있다. 그는 부르주아가 누리는 학문들, 즉 정치 경제로부터 칸트의 실증 철학에 이르는 모든 학문을 거부하였다. 그는 휴머니즘의 원리를 믿고 있었고, 그에게 인간 이상의 것은 아무것도 없었다. 그에게 있어 인간의 가치를 재는 척도는 바로 '노동하는 삶'이었다.

이와 동시에 똘스또이는 「참회」에서와, 「나의 믿음은 어디에」에서, 그리고 그 이후의 많은 민화들에서도 자신의 종교적이고 윤리적인 가르침인 자신의 '새로운' 종교에 대해 서술하며 근거를 부여하고 있다. 똘스또이의 새로운 종교는, 그의 견해에 따르면, 인류를 모든 사회적인 빈곤으로부터 구해주고 악을 지상에서 멸하며 사람들의 형제적인 단일체를 건설하기를 호소하는 '순수한' 기독교였다.

70년대에 똘스또이는 자신의 이 가르침을 광범위한 민중 대중 사이에 전파하는 활동을 펼쳤다. 그는 시사평론을 쓰고 문학 작품들을 썼다. 여러 민족들의 구전 작품들, 특히 전설들을 번역하거나 개작하였다. 출판되는 책의 삽화를 그리기 위해 훌륭한 화가들을 초빙하기도 하였다.

이 '똘스또이주의'를 전파하는 일에 주축역할을 한 것은 이 일을 위해 특별히 설립된 출판사인 〈중개자〉[95]였다. 민중 독자를 위해서 많은 부수의 책들이 이 출판사에서 인쇄되었다.

똘스또이의 민중들을 위한 단편들, 전설들은 하나의 주제로 이루어진 복합체를 형성하였다. 그리고 이 모든 것들에는 그의 가르침이 다 들어 있다. '신의 뜻대로' 사는 선한 삶의 필요성, 이웃에 대한 사랑, 기독교적인 관용과 자신의 죄에 대한 회개의 생각이 여러 가지 모습으로 작품들 속에 나타난다. 이 모든 가르침은 복음서에서 온 것이었다. 많은 단편 속에서 자비심 많은 할아버지와 할머니들이 나타나 자신의 삶에서 축적된 지혜를 보여주게 된다.

똘스또이는 민화를 자신의 독특한 예술 형식으로 변화시켰고, 특히 자신의 새로운 작품의 언어를 가다듬는 일에 몰두하였다. 똘스또이는 자신의 단편을 많은 민중 대중이 접하도록 하기 위해서 시간도 노력도 아끼지 않았던 것이다. 이러한 작업 과정에서 「사람은 무엇으로 사는가」는 3개의 완결된 텍스트와 12개의 이본(異本)들이 만들어지게 되었다.

평민 독자를 염두에 두었던 똘스또이는 자신의 '민화'의 독특한 문체를 집요하게 개발해냈다. 거기에는 은유적인 언어가 거의 배제되었으며, 최대한으로 단순화된 구문들이 사용되었다. 이전의 작품들에서 나타나는 긴 묘사는 짧은 한 구절로 표현되었다. 민중의 대화체, 농부들의 말과 언어가 등장하게 되었다. 민속이 널리 이용되었고, 배경도, 상세한 내부 묘사와 다른 불필요한 구성요소들도 생략되었다. 민화에서 생략되어진 이런 요소들은 그의 '전환' 이전의 작품들에서 보이는 그의 고유한 문체였다. 그뿐 아니라 똘스또이의 예술적인 방법의 가장 두드러진 특성이라고 볼 수 있는 긴장감이 넘치는 심오한 심리 분석도 찾아볼 수 없다.

그리하여 형식에 있어서 단순한 똘스또이의 민화들은 가장 광범위한 민중 대중의 손에 접하여지게 되었다. 광범위한 서적망을 지닌 〈중개자〉출판사의 활동 덕분에 러시아의 가장 오지에도 이 작품들이 들어갈 수 있었다. 물론 농민들은 그것들을 다양하게 받아들였다. 그들은 이 작품들을 자신의 종교적이고 윤리적인 성향에 따라 받아들이기도 하였고, '신의 뜻대로' 삶을 살아야 한다는 설교로 받아들이기도 하였다.

몇 개의 단편은 농민 독자의 의식을 일깨우기도 하였다. 그리하여 농민들은 자신의 빈곤상태의 근본 원인에 대해 숙고하게 되었으며 현존하는 정치적이고 경제적인 질서에 대항하기도 하였다.

이런 종류의 작품으로는 본서에서 번역된 「사람은 무엇으로 사는가」, 「사랑이 있는 곳에 신도 있다」, 「사람에게는 과연 땅이 많이 필요한가」, 「불을 놓아두면 끄지 못하게 되리라」, 「머슴 예멜리얀과 빈 북」 등이 속한다.

아래에서는 이 작품들에 대한 간단한 소개와 출판 배경에 대해 간단히 서술할 것이다.

1) 「사람은 무엇으로 사는가」

똘스또이는 「사람은 무엇으로 사는가」를 1881년 1월에 쓰기 시작하여 거의 1년 동안 이 일에 몰두하였다. 이 단편은 잡지 『어린이의 휴식』[96] 1881년 12호에 처음으로 발표되었고 1885년에는 〈중개자〉출판사에서 출판되었다. 이것은 〈중개자〉출판사에서 발행된 첫 번째 책이 되었다.

「사람은 무엇으로 사는가」의 기초가 된 것은 1879년에 브일리나[97]를 들려주는 사람인 쉐골렌끄의 이야기를 기록한 '아르한겔' 전설이었다. 이 전설은 고대 러시아 문헌에 나타나는 성자전의 내용과 아주 유사하다. 또한 민간 전설에도 이와 비슷한 이야기가 전해져 오고 있다.

똘스또이는 이 작품에 대단히 심혈을 기울였다. 이 단편의 필사본과 교정본은 33개에 달한다. 맨 처음 이 전설은 백해 연안의 한 농촌에서 발생하였다. 다섯 번째의 교정본에서 이 작품의 중심 배경이 러시아 농촌으로 옮겨졌으며, 어부와 그의 아내 대신에 구두 만드는 사람 세몬과 그의 아내 마뜨료나가 주요한 등장인물이 되었다.

「사람은 무엇으로 사는가」는 똘스또이가 4년간의 휴식을 가진 후에 처음으로 내놓은 단편 소설이다. 「사람은 무엇으로 사는가」는 평론가들과 동시대인들에게 찬성과 논박을 생생하게 불러일으켰다.

1882년 1월 20일에 스따소프는 똘스또이에게 다음과 같이 썼다.

> 나는 당신에게 무척 이야기하고 싶었습니다. 나는 『어린이의 휴식』지에 실린 당신의 작품 「사람은 무엇으로 사는가」에 매혹되었습니다. 이제 당신에게는 어느 정도 단순하고 진실하며 완전성을 지니는 하나의 언어가 만들어졌습니다. 그것은 내가 고골의 가장 훌륭한 작품 가운데서 겨우 찾아낸 것과 같은 것이었습니다. (똘스또이와 스따소프의 서신교환. 1878-1906. 레닌그라드, 1929)

보수교회 성향을 띤 신문인 〈시민〉(1882. 54호, 55호)에서 레온찌예프[98]는 「사람은 무엇으로 사는가」를 비판하였다.

> 똘스또이는 요한복음에서 자신의 작품에 담을 8개의 인용구와 사랑에 대한 모든 주제를 선택한 후에 사도들의 복음서에서 말하는 '징벌에 관하여, 두려움에 관하여, 권력과 부모와 남편과 주인에게 복종하는 것에 관하여'는 무시해 버렸다.

그 외에도 많은 비평이 잡지 『러시아 사상』에 나타났다. 여기에서는 「사람은 무엇으로 사는가」에서 사용된 민중 언어가 주목되고 있다.

> 새 단편으로 보아 판단하건대, 『안나 까레니나』 출현 이후 지나간 세월이 똘스또이에게 헛되지 않은 것 같다…. 작가의 언어는 더욱더 힘이 있고 더 진지하고 더 용감하게 되었다. 그는 성서를 단순화하여 우리에게 감동을 주고 있다. 그 외에도 이 작품은 민중 언어에서 강한 영향을 받았음을 알 수 있다. 이 언어를 제대로 차용할 능력이 작가에게 있었고, 그에게는 풍부한 표현력이 있었다…. 그리고 작가의 시각은 농민과 전적으로 유사한 것이다. (「작가와 농민 간의 완전한 내적인 동질성」, 『러시아 사상』, 1882. 3호. 333-336쪽)

2) 「사랑이 있는 곳에 신도 있다」

이 단편은 1885년 3월 중순 이후에 쓰였다. 똘스또이는 5월 17일에 이 작품의 마지막 교정을 보았다. 6월 초에 이 단편은 〈중개자〉출판사에서 소책자로 출판되었다.

이 단편은 뻬쩨르부르끄의 잡지 『러시아 노동자』(내해, 1호)에 익명으로 게재된 「마르뜨인 아저씨」를 똘스또이가 개작한 것이다. 이 작품은 프랑스 작가 루벤 사이얀의 단편 「마르뗑 아저씨」를 다듬은 번역이었다. 『러시아 노동자』잡지사에서는 똘스또이에게 사람을 보내어 '단편의 사상은 중요하나 더 감명받을 수 있도록 다듬었으면 한다'라는 말을 전하며 이 작품의 개작을 요청했다. 그리하여 인쇄에 들어가기 전에 똘스또이는 여러 차례에 걸쳐 본문을 대폭 수정하였다. 감상적인 어조와 피상적인 효과를 제거하고 사실적인 세밀함을 많이 첨가하였다. 특히 노파와 사과를 훔치려는 소년이 사과를 놓고 다투는 장면은 생생한 거리의 묘사가 되었다.

이 단편의 교정본을 보내면서 똘스또이는 '이 작품이 매우 내 마음에 든다'라는 말을 하였다. 이 단편과 「불을 놓아두면 끄지 못하게 되리라」라는 단편을 발표한 후에 똘스또이는 악사꼬프[99]로부터 극찬을 듣게 된다. 그러나 이 단편은 〈중개자〉의 다른 출판물들과 마찬가지로 급진적인 성향을 띤 신문과 잡지의 기자들 사이에서 부정적인 반응을 얻기도 하였다.

3) 「사람이 과연 땅이 많이 필요한가」

이 단편은 1885년 5월에서 6월에 걸쳐 쓰였다.

이 단편은 1886년에 잡지 『러시아의 부』 제4호에 처음으로 출판되었다. 동시에 같은 해에 〈중개자〉출판사에서 발행된 선집 『레프 똘스또이의 3개의 옛날이야기(구전)』에도 포함되었다. 이 판에서는 검열에 걸릴 위험이 있던 하나의 구절, '사람들이 붉은 수탉으로 그를 위협하게 되었다'라는 부분이 삭제되었다. 이 단편이 완전하게 출판된 것은 1886년 모스크바에서 출판된 14권으로 된 『똘스또이 백작 전집』에서 이다.

이 단편의 테마는 그리스 역사가인 헤로도투스의 원본에서 똘스또이가 읽은 것과 연관이 있고 또한 사마라 스텝에서 그가 체류했던 사실과도 관련이 있다. 이곳에서 똘스또이는 1871년 여름에 바쉬끼르 사람들의 생활 습관을 가까이서 접하게 되었는데 그는 이들의 삶에 대한 자신의 인상을 작품 속에 반영하고 있다. 죽음으로 끝나게 되는, 땅을 차지하는 풍습에 대한 전설은 우끄라이나의 몇몇 민화에도 나타난다.

4) 「불을 놓아두면 끄지 못하게 되리라」

1885년 4월에 쓰여진 단편이다.

이 작품의 줄거리를 똘스또이의 일기에서 알 수 있다. 그는 1881년 4월 18에 쓴 자신의 일기에서 시골 야스나야 빨랴나에서 두 명의 농부가 싸웠던 일에 대해서 이렇게 적고 있다.

> 점심 식사 후에 오니심이 왔다. 자루 속에 턱수염. 무엇을 해야만 할 것인가? 용서하는 것? 당신은 어떻게 말할 것인가. 싸움은 물 때문에 일어났다. 이반이 도랑을 파서 오니심네 마당으로 물을 흘려보냈다.[100]

일기에서 그다음 기록은 1884년에 이루어졌다.

> 농부가 저녁에 마당으로 나와 보니 처마 밑에서 불길이 치솟고 있었다. 그는 외쳤다. 한 사람이 처마로부터 멀리 달아났다. 농부는 그 사람이 바로 자신이 원수처럼 지내는 이웃이라는 것을 알아내고 그 뒤를 쫓아 달려갔다. 그가 달려가는 동안에 지붕이 불타기 시작하여 농가도 마을도 다 타버렸다.[101]

1884년 5월 21일에 똘스또이는 일기에서 이렇게 적고 있다.

> 레주노바 할머니가 따라스가 잡아당겨 뽑은 수염을 손수건에 싸서 가져왔다.[102]

이 단편은 1885년 4월 11일에 쓰였다. 많은 수정을 한 후 5월 10일에 이 단편은 인쇄소에 보내졌고 교정을 다시 한 번 더 보게 되었다. 이 단편이 세상의 빛을 보게 된 것은 1885년 6월 초에 〈중개자〉 출판사를 통해서였다. 다음 해인 1886년 〈중개자〉출판사에서 재판되었다.

5) 「머슴 예멜리얀과 빈 북」

똘스또이는 '황제가 가난한 사람을 죽이고 그의 아름다운 아내를 빼앗으려고 그에게 해낼 수 없는 일을 맡긴다'라는 러시아의 민화를 모티브로 하여 이 동화를 1886년 5월에 썼다.

제정 러시아 시대에 검열에서 이 동화는 똘스또이가 썼던 형태로는 출판될 수가 없었다. 그래서 이 작품은 제네바에서 1891년에 처음으로 출판되었다. 이 작품은 '먼 옛날에 볼가 강에서 만들어진 민화를 레프 똘스또이가 개작했다'라는 주를 끝에 넣어서 출판되었다.

1892년에 똘스또이의 아내 소피야[103]는 이 동화를 전집 속에 포함시키려 노력하였다. 검열의 요구대로 뛰어난 개작을 하고 같은 주를 달아서 「동화」라는 제목으로 선집 『빈민 구호』(모스크바)에 「머슴 예멜리얀과 빈 북」이 실리게 되었다. 여기에서 단어 '황제'는 '군사령관'으로, '황후'는 '공작부인'으로, '신하들'은 '하인들'로, '황제의 궁궐'은 '대저택'으로 대체되었다. 그리고 '병사들'이란 단어 대신 '친위병'으로 인쇄되었다. 그리고 '농부와 군인의 어머니'에서는 '군인의'라는 말이 삭제되었다.

검열로 인한 왜곡 없이 「머슴 예멜리얀과 빈 북」이라는 제목으로는 1906년에 〈중개자〉출판사에서 발간될 수 있었다.

79 1812년 전쟁_ 프랑스의 나폴레옹이 러시아를 침범하여 일으킨 전쟁이다. 이때 러시아인들은 스스로 모스크바를 비우고 떠나가는데, 혹독한 추위와 기근으로 인해 나폴레옹 군대는 많은 수의 군인을 잃고서 퇴각하게 된다. 러시아와의 전쟁에서 패배한 나폴레옹은 그 이후 급속하게 몰락하게 된다.
이때 프랑스로 진격하게 된 장교들이 1789년 대혁명을 겪은 프랑스를 보고 배워 돌아와서 일으킨 운동이 바로 1825년의 '12월당원운동(제까브리스뜨운동)'이다. 이 운동은 결국 실패로 돌아갔으나 이 사건을 계기로 시작된 사회운동은 1861년의 농노해방을 가능하게 하였다. 이 사건을 배경으로 많은 러시아의 작가들이 유명한 작품들을 쓰게 된다(뿌쉬낀의 『예브게니 오네긴』, 레르몬또프의 『우리 시대의 영웅』 등). 러시아에서는 1812년 전쟁을 '조국 전쟁'이라고 하고 제2차 세계대전을 '대조국 전쟁'이라고 부른다. 러시아인들은 이 두 전쟁에서 승리한 것에 대해 대단한 자부심을 가지고 있다.

80 야스나야 빨랴나_ 똘스또이가 태어나 어린 시절을 보냈던 시골이다. 똘스또이는 이곳을 매우 좋아하여서 자신의 회상록에서 '나는 야스나야 빨랴나가 없었다면 러시아와 러시아에 대한 나의 관계도 상상

할 수가 없을 것이다. 야스나야 빨랴나가 없었다면 나는 아마도 나의 소년시절에 꼭 필요한 법칙들에 대해 더 명확하게 알게 되었을지 모르나 그 시절을 그렇게 애착을 가지고 사랑하지는 못했을 것 같다.'(1858년)라고 쓰고 있다.

81 벨린스끼(1811-1848)_ 러시아의 비평가.

82 게르첸(1812-1870)_ 러시아의 작가, 시사평론가.

83 네끄라소프(1821-1877/78)_ 러시아의 시인.

84 뚜르게네프(1818-1883)_ 러시아의 작가.

85 오스또르프스끼(1823-1886)_ 러시아의 극작가.

86 곤차로프(1812-1891)_ 러시아의 작가.

87 체르느이쉡스끼(1828-1889)_ 러시아의 작가, 혁명가, 사상가.

88 빠나예프(1812-1862)_ 러시아의 작가, 저널리스트.

89 그리고로비치(1822-1900)_ 러시아의 작가.

90 드루쥐닌(1824-1864)_ 러시아의 작가, 비평가.

91 보뜨낀(1812-1869)_ 러시아의 작가, 비평가, 예술학자.

92 안네꼬프(1812 혹은 1813-1887)_ 러시아의 비평가, 문학사가, 회상록 작가.

93 이에 대하여는 에스. 브이츠꼬프. 똘스또이의 작품. 똘스또이 전집. 제 1권. 모스크바: 예술문학 출판사, 1952. 31-32쪽을 참조할 것.

94 같은 책, 32쪽.

95 〈중개자〉_ 러시아어로 〈뽀스레드니끄〉라는 이 출판사는 똘스또이가 민중들에게 봉사할 목적으로 설립한 것이다.

96 『어린이의 휴식』_ 이 잡지는 1881년 11월 18일 검열 허가를 받아서 엔. 이스또민이 출판하였다. 편집자로는 똘스또이의 형인 에스. 똘스또이, 뻬. 베르스, 베. 이스또민이 있었다.

97 브일리나_ 러시아의 영웅 서사시.

98 레온찌예프(1831-1891)_ 러시아의 시사평론가, 작가.

99 악사꼬프(1823-1886)_ 러시아의 시사평론가, 시인.

100 똘스또이 전집. 10권. 모스크바_ 예술문학, 1952. 340쪽에서 재인용.

101 같은 책.

102 똘스또이 전집. 9권. 모스크바_ 진리, 1987. 388쪽에서 재인용.

103 소피야_ 똘스또이의 아내인 소피야 똘스따야는 똘스또이의 작품 출판과 관리뿐 아니라 원고 교정에도 많은 도움을 주었다.

똘스또이 연보

*1828년 8월 28일(구력으로는 9월 9일)*에 뚤라현의 지주인 퇴역 육군 대령 똘스또이 백작의 가정에서 태어 남.

1830년(2세) 볼꼰스까야 가문 출신인 어머니가 돌아가심.

1835년(7세) 습작 「독수리」, 「매」를 씀.

1837년(9세) 모스크바에서 아버지가 돌아가심.

아주머니 에르골리스까야가 똘스또이를 다시 야스나야 빨랴나로 데려감.

1840년(12세) 에르골리스까야에게 「사랑하는 아주머니에게」라는 축하시를 씀.

1841년(13세) 9월에 까잔에 있는 아주머니 유쉬꼬바야에게로 거처를 옮김.

1844년(16세) 까잔대학 동양어문학부에 입학.

1845년(17세) 법학부로 전과.

1847년(19세) 까잔 대학을 중퇴하고 야스나야 빨랴나로 돌아옴. 형제들과 영지를 분배받음.

러시아 문학에 많은 관심을 가짐.

진보적인 잡지인 『동시대인』을 읽고 법, 외국어, 의학과 지리, 통계학, 음악을 공부.

일기를 쓰기 시작.

1851년(23세) 4월, 형 니꼴라이와 함께 까프까스로 떠나 포병으로 근무.

1852년(24세) 『어린시절』, 『소년시절』, 『청년시절』을 1857년까지 『동시대인』에 게재.

1856년까지 「습격」, 「삼림 채벌」, 「당구 기록원의 수기」 등을 씀. 「까자끄 사람들」을 쓰기 시작.

1853년(25세) 영국, 프랑스 터키가 러시아에 대항하여 크림에서 전쟁을 일으킴.

1854년(26세) 11월 세바스또뽈리 도시에서의 전투에 참여. 이 경험을 바탕으로 「12월의 세바스또뽈리」, 「5월의 세바스또뽈리」, 「1855년 8월의 세바스또뽈리」를 집필.

1855년(27세) 뻬쩨르부르끄로 돌아옴.
잡지 『동시대인』을 중심으로 그룹을 형성하고 있던 작가들인 네끄라소프, 뚜르게네프, 오스뜨로프스끼, 곤차로프, 체르느이쉡스끼, 빠나예프, 그리고로비치 등과 가까워짐.
'순수예술' 이념을 고수하는 드루쥐닌, 보뜨낀, 안넨꼬프 등과도 알게 됨.

1857년(29세) 5월 28일 야스나야 빨랴나로 돌아옴.
프랑스, 스위스, 이태리, 독일로 최초의 외국여행을 하게 됨.
가을에 외국 여행에서 돌아온 후 야스나야 빨랴나로 돌아가 농사에 전념.

1859년(31세) 야스나야 빨랴나에 농민의 아이들과 성인들을 위한 학교를 개교하여 교육에 열중.

1860년(32세) 1861년까지 두 번째의 외국여행을 함.

1861년(33세) 5월 초 외국에서 돌아온 후 학교일과 평화적인 중재자 활동에 완전히 빠져듦.

일 년 동안 21개의 학교를 개교.

1862년까지 중편 『뽈리꾸쉬까』를 씀.

1862년(34세) 여름 야스나야 빨랴나에서 있은 수색 후에 학교 사업이 중단됨.

궁정 의사의 둘째 딸인 열여덟 살 난 소피야 안드레예브나와 결혼.

『까자끄 사람들』을 완성.

1863년(35세) 『전쟁과 평화』를 쓰기 시작.

1월, 잡지 『러시아 소식』에 『까자끄 사람들』 게재.

1873년(45세) 『안나 까레니나』를 시작하여 4년 이상 계속함.

똘스또이의 세계관에 전환이 일어남.

1881년(53세) 「사람은 무엇으로 사는가」 집필.

1882년(54세) 모스크바에 거주.

빈민 구제사업 시작.

『예술이란 무엇인가』를 시작하여 15년 동안 계속 함.

1884년(56세) 『이반 일리치의 죽음』 집필.

1885년(57세) 「사랑이 있는 곳에 신도 있다」 집필.

「불을 놓아두면 끄지 못하게 되리라」 집필.

1886년(58세) 「사람에게는 과연 땅이 많이 필요한가」 집필.

1887년(59세) 『어둠의 힘』 집필.

『크로이처 소나타』를 시작하여 1889년 완성.

「머슴 예멜리얀과 빈 북」 집필.

1889년(61세) 『계몽의 열매』가 야스나야 빨랴나에서 초연.

『부활』을 시작하여 10년간 집필.

1890년(62세) 『신부 세르기』를 시작하여 1898년에 완성.

1896년(68세) 『하지 무라뜨』를 시작하여 1904년에 완성.

1903년(75세) 「무도회가 끝난 후」 집필.

1904년(76세) 「위조 쿠폰」 집필.

1908년(80세) 「나는 침묵할 수 없다」 집필.

1910년(82세) 하인 한명만을 데리고 가출하여 여행 도중에 한 시골역에서 죽음.

똘스또이의 작품

장편소설

『가정의 행복』(1859)
『12월당원들』(1860-1861, 미완, 1884 출판)
『전쟁과 평화』(1863-1869, 1865부터 출판)
『안나 까레니나』(1873-1877, 1875-1877 출판)
『부활』(1889-1899, 1899 출판)

중편 소설

3부작: 『유년시절』(1852), 「소년시절」(1854), 『청년시절』(1857),
3부작 완결판은 1864 출판
『두 경기병』(1856)
『지주의 아침』(1856)
『알베르뜨』(1858)
『까자끄 사람들』(1852-1862, 미완, 1863 출판)
『뽈리꾸쉬까』(1863)
『이반 일리치의 죽음』(1884-1886)
『크로이처 소나타』(1887-1889, 1911 출판)
『신부 세르기』(1890-1898, 1912 출판)

『하지-무라뜨』(1896-1904, 1912 출판)
『표도르 꾸즈미치 노인의 유서』(미완, 1905, 1912 출판)

단편 소설

「습격」(1853)
「당구 기록원의 수기」(1855)
「삼림 채벌」(1855)
시리즈 『세바스또뽈리 이야기들』(「12월의 세바스또뽈리」(1855), 「5월의 세바스또뽈리」(1855), 「1855년 8월의 세바스또뽈리」(1856))
「눈보라」(1856)
「좌천자」(1856)
「륜체른」(1857)
「세 죽음」(1859)
「홀스또메르」(1863-1885)
「프란수아자」(모파상의 단편 「항구」 개작, 1891〉
「누가 옳은가?」(1891-1893, 1911 출판)
「비싸다」(모파상의 「물 속에서」의 일부를 개작, 1890. 영국에서 1899 출판, 러시아에서는 1901 출판)
「주인과 머슴」(1895)
「나무 지붕으로 덮인 벌집에 대한 서로 다른 두 가지 이야기」(1880년대 말, 1912 출판)
「무도회가 끝난 후」(1903, 1911 출판)
「위조 쿠폰」(1880년대 말-1904 완성, 1911 출판)

「알료샤 가르쇼끄」(1905, 1911 출판)
「꼬르네이 바실리예프」(1906)
「딸기」(1906)
「무엇 때문에?」(1906)
「신의 것과 인간의 것」(1906)
「내가 꿈에서 본 것」(1906, 1911 출판)
「호드인까」(1910, 1912 출판)
「뜻밖에」(1910, 1911 출판)

어린이와 민중들을 위한 단편과 동화

1) 「알파베트」(1-4권. 1872), 「새로운 알파베트」(1875), 4권으로 된 「독서를 위한 러시아책」(1875)에 포함된 이야기들:
「곰 세 마리」
「필리뽀끄」
불까에 대한 단편 시리즈
「까프까스의 포로」 등 다수

2) 철학적이고 도덕적인 교훈을 주는 단편과 우화:
「사람은 무엇으로 사는가」(1881)
「사랑이 있는 곳에 신도 있다」(1885)
「악마의 것은 달콤하고, 신의 것은 담담하다」(1885)
「불을 놓아두면 끄지 못하게 되리라」(1885)
「두 노인」(1885)
「두 형제와 황금」(1886)

「일리야스」(1886)
「세 노인」(1886)
「사람에게는 과연 땅이 많이 필요한가」(1886)
「교자(教子)」(1886)
「머슴 예멜리얀과 빈 북」(1887)

희곡

1) 희극
「감염된 가정」(1864, 1928 출판)
「최초의 화주(火酒) 양조자, 혹은 작은 악마가 어떻게 작은 조각 하나를 받게 되었나」(1886)
「계몽의 열매」(1891)
「모든 품질은 그녀로부터」(1910, 1911 출판)

2) 비극
「어둠의 힘」(1887)
「산 송장」(1900, 미완, 1911 출판)
「그리하여 빛은 어둠 속에서 빛난다」(1880년대-1990년대, 1911 출판)

시사평론

1) 「참회」(1879-1882. 제네바에서 1884 출판, 러시아에서는 1906 출판)

2) 논문들

「모스크바에서의 조사에 대하여」(1882)

「그리하여 우리는 과연 무엇을 해야만 하는가?」(1882-1886, 1906 완결판 출판)

「기근에 관하여」(1891, 영어로 1892 출판, 러시아어로 1954 완결 출판)

「니꼴라이 빨낀」(제네바에서 1891 출판)

「부끄럽다」(1895)

「카르타고는 붕괴되어져야 한다」(외국에서 1898 출판)

「우리 시대의 노예 제도」(1900, 러시아에서 제1부는 1906, 완결은 1917 출판)

「살인하지 말라」(외국에서 1900 출판, 러시아에서는 1917 출판)

「황제와 그 대신들에게」(외국에서 1901 출판)

「나는 침묵할 수 없다」(외국에서 1908 출판, 러시아에서는 1917까지 불법적으로 유포됨)

3) 교육적인 저작

「진보와 교육」(1863) 등

4) 종교적이고 철학적인 저작

「원론적인 신학 연구」(1879-1880)

「4복음서의 결합과 번역」(1880-1881)
「나의 믿음은 어디에」(1884)
「하나님의 나라는 당신 속에」(1893 프랑스어로, 러시아에서는 금지됨, 1906 출판) 등

비평

「러시아 문학 애호가 단체에서의 연설」(1859, 1928 출판)
「누가 누구에게서 쓰기를 배워야 하나. 농민의 아이들이 우리에게서, 아니면 우리가 농민의 아이들에게서?」(1862)
「예술에 대하여」(1889, 미완, 1927 출판)
「예술이란 무엇인가?」(1897-1898)
「세익스피어에 대하여, 드라마에 대하여」(1906)
「고골에 대하여」(1909)

일기(1847-1910)

역주자 약력

한국외국어대학교 노어과 학사
한국외국어대학교 대학원 노어노문학과 석사
모스크바국립대학교 대학원 러시아문학과 박사
현재, 계명대학교 러시아어문학과 교수

저 서

『똘스또이의 후기 문학 세계』(계명대학교출판부, 2008)
『정교수님토르플 2단계』(금철사랑, 2012)
『사랑아 공부하자』(노벨미디어, 2007)
『러시아의 기초교육』(대교, 2009)
『러시아어토르플 4단계』(계명대학교출판부, 2009)
『러시아어토르플 3단계』(계명대학교출판부, 2008)
『러시아어토르플 2단계』(계명대학교출판부, 2009)
『러시아어토르플 1단계』(계명대학교출판부, 2009)
『러시아어토르플 기본단계』(계명대학교출판부, 2011)
『러시아어토르플 기초단계』(계명대학교출판부, 2010)

역 서

『고대 러시아 문학사』(한길사, 2008)
『희극성과 웃음』(나남, 2010)
『끄르일로프 우화집』(문학과지성사, 2006)
『조이카의 아파트』(지식을만드는지식, 2009)